Place du Pont
ou la médina de Lyon

Remerciements : je tiens particulièrement à remercier pour leur aide, leurs conseils et leur confiance, Christian Delorme qui a eu l'idée de ce livre, René Janin, Jean-Louis Routhier, Jean-Marc Berthet, Jean Pelligra, Mme Zagoridis, Armand Bahadourian, Belgacem Hadj, Raymond Curtet, Gilles Clamens, Alain Thévenon, Flash Service Thibaudière, la bibliothèque municipale de Lyon et les archives municipales et départementales (pour leur remarquable accueil), sans oublier tous ceux que j'oublie.

Tél. : 01.40.26.06.06. Fax : 01.40.26.00.26. ISBN : 2-86260-676-6. ISSN : 0336-5816.
Dépôt légal : 1er trimestre 1997. Imprimé en France.

Place du Pont ou la médina de Lyon

Par Azouz Begag

Ouvrage publié avec le concours du FAS (Fonds d'Action Sociale pour les Travailleurs Immigrés et leurs Familles)

Éditions Autrement - Collection Monde/Français d'ailleurs, peuple d'ici, H.S. nº 96

Français d'ailleurs, peuple d'ici

Préambule par Pierre Milza et Émile Temime

Vienne la fin du voyage, le temps du souvenir, ce moment inévitable où l'on se penche sur son passé, où l'on essaie de reconstituer une trajectoire quelque peu oubliée ; le regard s'immobilise, la mémoire se fixe sur une image, sur un lieu, qui s'imposent à nous avec d'autant plus de force que s'estompent ou se transforment des événements déjà lointains. Pour celui qui a vécu en immigration une aventure qui est le plus souvent collective et qui lui est pourtant toujours particulière, cette image correspond d'abord à une rupture qui est naturellement violente. Même si le monde où il pénètre doit lui assurer travail et, peut-être, richesse, même s'il constitue pour lui un indispensable refuge, s'il lui permet d'échapper à la persécution, le migrant n'échappe jamais totalement à ce sentiment un peu flou, né à la fois d'une perte de sécurité (l'abandon d'un « chez-soi », si médiocre soit-il) et de la crainte du changement. La passerelle que l'on descend, la barrière qui se soulève, la frontière que l'on franchit ouvrent sur l'inconnu. Ce n'est pas là une simple question de « carte d'identité ». L'appartenance à la nationalité française ne suffit pas à se protéger d'une frayeur que l'on ne peut toujours expliquer de façon rationnelle : on devient étranger dès lors que l'on pénètre dans un monde perçu, ressenti comme différent, sinon hostile.

Ce n'est sans doute là qu'une image passagère, liée à cet instant privilégié où le destin du migrant hésite ou balance. Il n'a pas encore fait le pas décisif ; il ne sait ni où il va se fixer, ni comment il sera accepté, ni même s'il sera accepté. Et, quand cette attente se prolonge, il vit, il reste dans un espace de précarité, comme si son choix s'en trouvait retardé, comme s'il vivait dans un territoire encore incertain. Ce n'est parfois que l'affaire de quelques heures ; et, parfois, cette hésitation peut se prolonger des semaines, des mois, des années. Séjours imposés (la « quarantaine », le camp de « regroupement », voire le centre de « rétention »...), qui traduisent toujours une méfiance, et parfois un rejet. Résidences éphémères, baraquements, chambres d'hôtel où l'on ne fait que passer, dans l'attente, dans l'espérance d'un nouveau départ. Ce sont souvent des lieux de misère, qui se rattachent à l'histoire même de l'immigration et de l'exil, et dont on gommera volontiers le souvenir gênant. La mémoire est sélective, par définition.

Elle l'est d'autant plus facilement que s'effacent sur le terrain les traces d'une présence passagère et, le plus souvent, inconfortable. Il s'agit presque toujours d'espaces aménagés de façon rudimentaire pour la circonstance, et que nul ne songerait à maintenir en état. Souvent des constructions nouvelles ont remplacé les baraques qui ont servi aux nouveaux venus de premier établissement. Rien ne rappelle aujourd'hui à Marseille les camps où se sont rassemblés les Arméniens en 1923 (le camp Oddo, dans les quartiers Nord), ni ceux où l'on a cantonné, au lendemain de la Seconde Guerre mondiale, les travailleurs algériens (le camp Lyautey) ou vietnamiens (le camp Colgate, au sud de la ville). Et ceux qui les ont connus n'en parlent guère.

Plus près des Pyrénées, les plages du Barcarès sont aujourd'hui recouvertes, à l'endroit même où les républicains espagnols ont été regroupés après la Guerre civile, par ces constructions pour tourisme populaire que l'on a essaimées le long de la Méditerranée. Il est impossible d'y retrouver l'image ensevelie des baraquements édifiés à la hâte en 1939. À la limite, la mémoire se donne plus facilement libre cours sur les quelques étendues sablonneuses qu'a épargnées pour le moment la fièvre immobilière autour de Saint-Cyprien et d'Argelès-sur-Mer. Plus qu'un monument dérisoire et symbolique, ces étendues plates et nues sont chargées de souvenirs. Mais ce n'est pas ici un Ellis Island, une barrière longue et délicate à franchir, mais qui ouvre sur l'espoir d'une existence meilleure. C'est un lieu de tristesse entre un monde qui vous exile et un monde qui vous rejette. Plusieurs décennies ont passé, la vie a repris son cours par-delà les barbelés ; mais rien n'a effacé pour ceux qui les ont vécues les images d'une violence depuis longtemps périmée.

La frontière franchie ne signifie pas nécessairement pour l'immigré, quel qu'il soit, un établissement durable, une sécurité assurée. Il continue, la plupart du temps, à vivre dans le provisoire et dans le précaire, précarité liée à sa condition : le passeport, la carte de séjour qui lui sont délivrés sont, par définition, temporaires. Précarité du travail qui lui est offert par un contrat toujours résiliable. Précarité de l'endroit où il va vivre, parfois un simple baraquement sur un chantier ; parfois même cet amas de tôles et de planches que l'on nomme bidonville, et dont il ne reste pas plus de traces que des camps évoqués précédemment. Comment retrouver aujourd'hui le bidonville de Nanterre sous le complexe routier qui l'a remplacé en partie ?

Il ne faut pourtant pas voir dans l'évocation que nous pouvons en faire, dans la grisaille des images, et parfois dans l'absence d'images, un parti pris de misérabilisme. Il ne s'agit pas ici seulement d'un point de passage ; le bidonville lui-même est un espace de vie, un endroit où l'on peut échapper à la solitude, où se renouent les solidarités anciennes. Le lieu de mémoire, c'est aussi la baraque, le café où l'on se retrouve, le coin de rue où jouent les enfants. Que l'on construise en dur, que l'on fasse surgir de nouveaux quartiers, ou que l'on s'abrite dans de vieux immeubles parfois laissés à l'abandon par leurs anciens propriétaires n'y change pas grand-chose. L'école, le bistrot, la salle de réunion, voire le lieu de prière sont autant d'espaces qui se chargent de souvenirs, autant de territoires dont l'on prend possession, autant d'étapes inévitables dans les trajectoires de l'immigration, dans cette démarche qui permet à la longue de « recréer un chez-soi », de commencer une vie nouvelle. Que ces quartiers soient neufs ou anciens, qu'ils soient bourgeois ou populaires, qu'ils soient même parfois sordides, ce sont là des lieux remplis d'émotion pour ceux qui y ont vécu un moment essentiel de leur existence. Que leur établissement relève du provisoire ou qu'ils s'installent plus durablement, il y a toujours une forme d'occupation du sol, d'identification à l'espace. La population qualifie le territoire, et celui-ci, par un effet de retour, qualifie ses occupants...

Quand tout cela entre dans le passé, quand le « parcours » de l'immigrant est achevé, alors, et alors seulement, la mémoire collective peut se recomposer, proposer sa vérité, écarter ou mettre en exergue tel ou tel souvenir. Dans un sens, elle pérennise une prise de possession ancienne et dépassée. Elle propose une lecture nouvelle de l'événement, qui peut même être une recréation, une « refondation ». Il importe à la fois de déconstruire et de prendre en compte cette mémoire vivante. Il ne faut cependant pas la confondre avec la mémoire officielle : édifier une stèle ou organiser une commémoration, cela a déjà une autre signification. Un monument commémoratif est toujours un monument aux morts...

Pierre Milza et Émile Temime

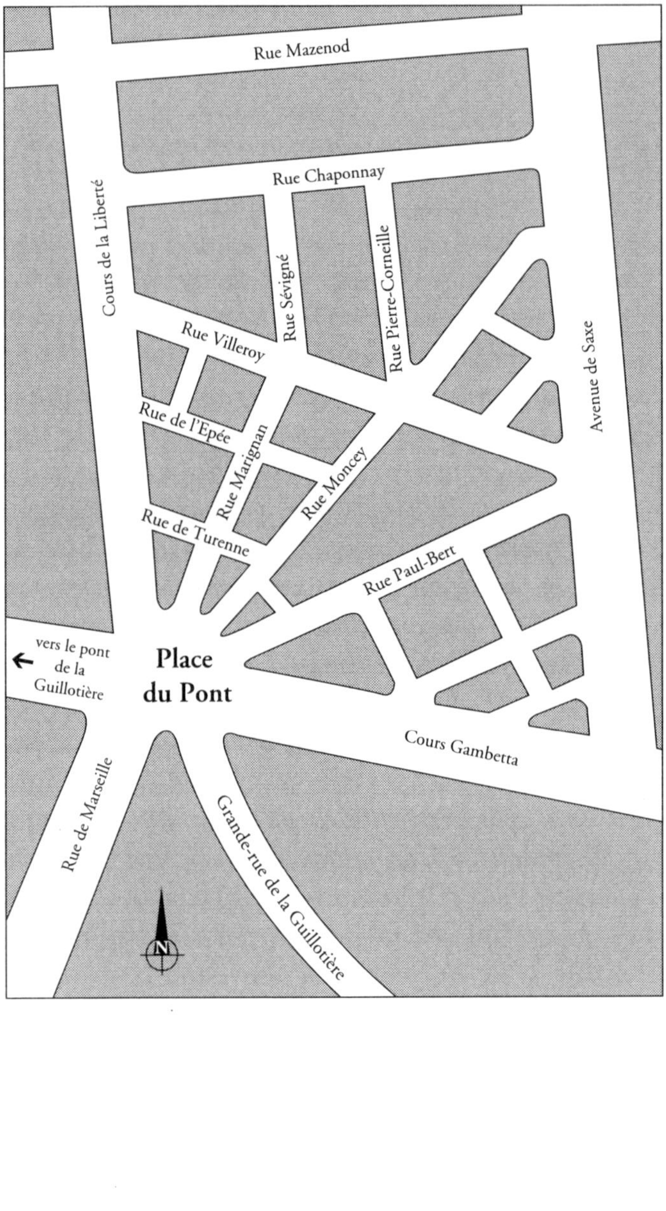
Rue Mazenod
Rue Chaponnay
Cours de la Liberté
Rue Sévigné
Rue Pierre-Corneille
Avenue de Saxe
Rue Villeroy
Rue de l'Epée
Rue Marignan
Rue Moncey
Rue de Turenne
Rue Paul-Bert
vers le pont
de la
Guillotière
Place
du Pont
Cours Gambetta
Rue de Marseille
Grande-rue de la Guillotière
N

Sommaire

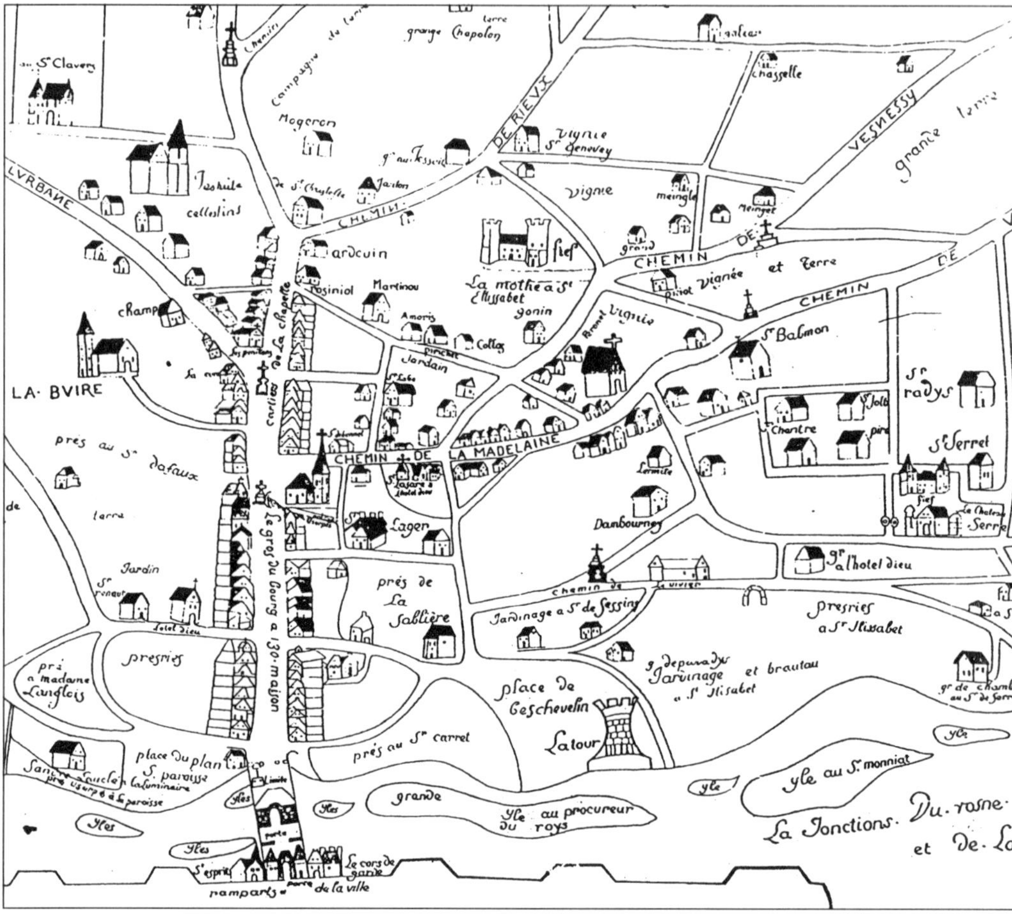

Carte du mandement de Béchevelin (détail) vers 1500.
Archives de la ville de Lyon.

Avant-propos

On se croirait dans le décor d'un film de Steven Spielberg : c'est un immeuble-monument posé au milieu de la place comme une soucoupe volante qui viendrait juste d'atterrir et qui se serait cassée en deux au moment de l'atterrissage.

On ne voit rien à l'intérieur : les vitres noires fumées de la façade laissent planer un mystère sur ce qui peut surgir de ce bâtiment étrange. Ces vitres sont des miroirs : les façades des immeubles d'en face s'y reflètent du matin au soir. La place du Pont à Lyon est désormais occupée par un objet posé non identifié.

« C'est habité, ce machin ? Qui y habite ? » demande une commerçante à la retraite.

Février 1996. Place du Pont. La Guillotière. L'endroit est encore en chantier. Sur un des grillages qui protègent les travaux, on peut lire :

LE GRAND LYON PROTÈGE VOTRE ENVIRONNEMENT
TRAVAUX D'ASSAINISSEMENT

La boutade involontaire ferait presque sourire. En effet, la ville de Lyon, dans son désir de se hisser au rang de « ville internationale », a depuis longtemps considéré le bourg, le faubourg, la ville de la Guillotière, puis le quartier de la place du Pont, comme une gêne dans la géographie de ses ambitions. Alors des questions insolentes surgissent : quel environnement le Grand Lyon veut-il protéger ? De quel type d'assainissement s'agit-il ? La ville n'est-elle pas déjà internationale avec son quartier cosmopolite ?

Notre regard s'écarte un peu de cette plaquette d'avertissement et se pose au pied du bâtiment CLIP. Là, à l'entrée du couloir qui sépare les deux parties et qui mène à la rue Turenne, stationnent une dizaine d'hommes maghrébins, sous un panneau qui indique PIÉTONS, SUIVEZ LA FLÈCHE..., mais ces piétons-là ne suivent pas les directions indiquées, ni aucune recommandation de circulation. Ils stationnent, en tenant les murs de ce nouvel immeuble qui ne semble pas les impressionner. Sur des bouts de carton posés à même le sol, des vendeurs à la sauvette ont jeté pêle-mêle quelques vêtements masculins, pantalons, vestes, chemises... un ou deux passants, pas vraiment intéressés, se penchent, hésitants. Aujourd'hui, il fait froid à Lyon, un temps glacial. Mais cela n'empêche pas ces immigrés, âgés pour la plupart de cinquante à soixante ans, de se retrouver là, emmitouflés dans leurs grands manteaux, les mains dans les poches. Ils se rencontrent, s'embrassent pour se saluer, se racontent des vies d'exilés.

C'est surtout le samedi après-midi que la place du Pont se remplit. Comme aujourd'hui. Un soleil de fin d'hiver illumine la place. Entre cent et deux cents personnes occupent les lieux, debout. Le commerce de la main à la main va bon train. Il y a quelque chose de cocasse à voir ces hommes arabes installer au pied d'un immeuble flambant neuf un véritable marché aux puces : si quelques marchands ont carrément installé par terre leurs marchandises - chaussures d'occasion, vêtements divers, pièces mécaniques, montres dans leur emballage -, sur des morceaux de carton, d'autres déambulent dans la foule en portant à la main ou dans des sacs en plastique leurs articles à vendre : des paquets de cigarettes algériennes Safi (pour respirer l'air du pays !), une paire de lunettes de soleil de marque italienne, un tee-shirt neuf, un poste radio, des cassettes audio... Des clients penchent leur tête dans les sacs, apprécient la marchandise à vue de nez, parfois les mains touchent, palpent, évaluent.

Il faut imaginer la surprise des Lyonnais empruntant le métro et sortant à la station Guillotière : ils tombent en plein milieu de ce petit marché aux puces oriental ! Quant aux passagers des bus qui circulent alentour, le 9, le 26, le 23... arrivant des deux grandes artères, les cours de la Liberté et Gambetta, ils regardent ce spectacle les yeux écarquillés, et s'inquiètent sans doute du caractère insolite de tels stationnements d'hommes. Est-ce une manifestation ? Que fomentent-ils ? Que trafiquent-ils ? Ils ignorent sans doute que, depuis des siècles, la place du Pont est traditionnellement un lieu de rencontre où l'on s'arrête, on discute en groupe, le jour comme la nuit, accoudé à un « pied humide ». Les Maghrébins ne sont pas les inventeurs de cette pratique de sociabilité urbaine. Elle est totalement associée à la morphologie de la place. Une plaisanterie circule chez les immigrés : on raconte qu'un travailleur algérien fraîchement débarqué à la gare de Perrache avec une adresse griffonnée sur un bout de papier est monté dans un bus en direction de la Guillotière et a demandé au chauffeur avec son accent du bled : « Blace De Bout ? » Ignorant que les Arabes prononcent de cette façon « place du Pont », le chauffeur a cru qu'il lui demandait un ticket pour une « place debout », et lui a répondu innocemment : « Place debout ou assise, c'est le même prix ! » L'histoire ne dit pas comment s'est soldé ce malentendu.

À l'intérieur du triangle que forment les rues de Turenne, Marignan et Paul-Bert, l'atmosphère maghrébine est la plus visible. Pendant le mois de ramadan qui vient de s'achever, sur les trottoirs du grand magasin arménien Bahadourian, une multitude de petits vendeurs ont installé des échoppes rudimentaires, montées sur des tréteaux, et vendent à partir du début de l'après-midi différentes sortes de pain qu'ils ont cuits à la maison, des pâtisseries, des galettes. Des femmes sont présentes à côté d'eux. Un peu plus loin, d'autres vendeurs se sont spécialisés dans le commerce de la menthe fraîche et de la coriandre : en cette période de jeûne pour les musulmans, ces plantes sont très demandées pour le thé et la soupe populaire algérienne ou marocaine. De gros sacs débordant de menthe sont disposés pêle-mêle sur les trottoirs. Un vieil homme a même trouvé une échoppe ambulante originale : un Caddie, cabossé, signé Lidl, du nom de la chaîne de hard-discounters, disséminés dans les banlieues. Dans les boucheries halal, très nombreuses dans le périmètre, les clients se bousculent. Et les devantures des pâtisseries tunisiennes ou algériennes regorgent de gâteaux traditionnels tout juste tirés des fours, savamment rangés.

C'est en effet surtout les samedis et pendant le mois de ramadan que la place du Pont se remplit d'Orient. Ici, les clients juifs, arabes, arméniens... viennent chercher des épices, des tissus, des cassettes audio ou vidéo, de la viande halal, des « merguez faites maison », manger un couscous royal au Restaurant du Soleil, boire un thé à la menthe et déguster un makrout (gâteau de semoule aux dattes) chez El-Ghoul. C'est sur la place qu'on vient également acheter de l'or, commander un bijou, dans les magasins qui pratiquent la détaxe à l'exportation, choisir la robe de mariée la plus exubérante pour un mariage à l'oriental des plus exubérants. Les hommes maghrébins qui ne parlent pas bien français peuvent également emmener leurs enfants se faire couper les cheveux chez Kader : il est expert dans la coupe standard qui convient à toutes les têtes frisées. Dans une petite rue qui débouche sur la rue Paul-Bert, un café porte le nom de Setifis, le nom romain de Sétif, ville de l'Est algérien, d'où proviennent une bonne partie des immigrés maghrébins de la région lyonnaise et des habitants ou usagers de la place du Pont. On trouve enfin, fait symptomatique, deux librairies islamiques dans le quartier. L'une est ouverte depuis quelques mois seulement, tandis que l'autre existe depuis une dizaine d'années.

Les « Orientaux » ne sont pas les seuls à fréquenter la place du Pont. Des Français indigènes y viennent aussi en soirée manger un couscous dont la semoule est garantie roulée à la main. D'autres s'y aventurent également pour s'approvisionner en drogue : dans les rues Marignan ou de Turenne, des vendeurs postés aux carrefours abordent le client en connaisseur ; dès que le passant inconnu a franchi la frontière de ce territoire, c'est qu'il est venu « en chercher »... Ici, les regards identifient très vite l'étranger.

Ce lieu chargé d'histoire, « où il se passe des choses », porte les stigmates de l'insécurité, de l'insalubrité, de l'immoralité. Urbanistes, architectes et élus ont cherché les moyens de l'« intégrer » au reste de la ville. Les omnibus à cheval, puis les tramways sur rails ont été remplacés par le métro. Désormais, la station de la Guillotière veut effacer le lieu que constitue la place du Pont. Elle en a fait un point inséré dans un réseau de circulation souterrain. Quatre entrées permettent d'y accéder, dont une juste en face du CLIP, là où stationnent les Maghrébins. L'aménagement urbain moderne s'accommode mal de ce refus de circulation, de fluidité des hommes. Depuis longtemps, les aménageurs travaillent au remodelage de la place : en face de l'immeuble du CLIP et de la bouche de métro, se dresse un McDonald's flambant neuf. Le hamburger américain se veut un pied de nez au casse-croûte tunisien et au kebab turc. Symbole d'ouverture sur le monde moderne, refus de l'exotisme forcené et exclusif.

Depuis la place, entre les deux moitiés du CLIP, on voit apparaître un des immeubles de la rue de Turenne, joliment réhabilité. Agrippées aux fenêtres, quatre ou cinq antennes paraboliques sont toutes tournées dans la même direction, à l'est. Des familles maghrébines sont branchées sur Algérian TV, *via* le satellite. Les prouesses technologiques des télécommunications redéfinissent les contours de l'être ici ou là-bas. Attention : ici, rien ne sera facile à élucider.

*Azouz Begag**

* *Chercheur au CNRS, il travaille au Laboratoire d'économie des transports de l'université Lyon-II. Enfant de l'immigration algérienne, né à Lyon, il habite aujourd'hui à deux pas de la place du Pont. Auteur de nombreux livres parus aux Presses universitaires de Lyon, chez L'Harmattan, Gallimard et aux éditions du Seuil.*

Le pont du Rosne au XVIIe *siècle (d'après Simon Maupin)*
Illustration de J. Drevet, in *« Le Lyon de nos pères » par E.M. Vingtrinier,*
éditions Bernoux - Cumin et Masson, Lyon, 1901.

L'histoire : origine et peuplement d'un faubourg

L'histoire de la place du Pont est liée à l'urbanisation de la Guillotière, sur la rive gauche du Rhône. En effet, la construction d'un pont sur le Rhône vers 1183 fut le point de départ du peuplement et de la formation de ce territoire. Une fois construit, il se forma sur la rive gauche une bifurcation de routes, une patte-d'oie, où convergeaient différents chemins : route de Vienne au sud, chemin de Grenoble, chemin de Saint-Laurent, chemin de Crémieu. Après leur convergence, ils se confondaient en une artère unique qui gagnait l'entrée du pont du Rhône : c'est l'ancêtre de la célèbre grande-rue de la Guillotière[1].

Devenu une véritable infrastructure de communication, le pont du *Rosne* assurait des relations importantes entre Lyon et le Midi d'une part, les pays transalpins d'autre part, relations commerciales et religieuses, expéditions militaires : il vit dès

1. A. Kleinclausz, *Lyon, des origines à nos jours. La formation de la cité*, Lyon, Masson, 1925. C'est un acte de délimitation ordonné par le roi Louis XI à la suite de contestations au sujet des impôts et exécuté par le conseiller du roi Louis Tindo du 13 août au 23 septembre 1479.

l'origine défiler pèlerins, soldats, voyageurs et marchandises. Dès lors, des activités économiques et commerciales se développèrent à l'endroit où se nouaient ces relations. Mais c'est en 1479 qu'est établi le premier document qui mentionne l'existence du groupement de la Guillotière à ses débuts[2]. On y voit d'abord que la Guillotière faisait partie du Dauphiné, où son territoire formait le mandement de Béchevelin, du nom d'un château fort élevé sur une motte, la motte de Béchevelin, au sud du pont de la Guillotière. Dans la plaine souvent inondée par les eaux tumultueuses du Rhône, se trouvaient quelques granges et des petites fermes ; sur la terrasse, des domaines plus importants avec des châteaux et des fermes. Mais, au milieu de ces habitations dispersées, il y avait une petite agglomération, un hameau. C'est lui qui va se développer et devenir au XVIe siècle un bourg, puis au XIXe une ville, qui empiétera petit à petit sur la campagne voisine, se développant aux dépens des champs et des prairies.

La transformation de ce hameau de carrefour en bourg se fit lentement, puisque ce dernier ne fut vraiment constitué qu'au XVIIIe siècle. En 1705, il comptait quelque 1 500 habitants. En 1805, 5 972. Le voisinage de Lyon, qui grandit sans cesse du XVIe à la fin du XVIIIe siècle, fut la cause principale de ce développement lent et continu. La ville, en effet, s'ouvre d'abord au reste du pays. Pendant longtemps, elle n'avait été qu'une ville-frontière, mais, à la fin du XVe siècle, le Dauphiné et la Provence deviennent terres françaises, puis, en 1601, le duc de Savoie est obligé de céder à la France la partie la plus riche de ses États : la Bresse, le Bugey, le Valromey. Lyon est au centre des relations de ces divers pays avec le nord de la France. En même temps, les échanges avec l'étranger prennent de l'ampleur. Les foires sont créées en 1462. Plus tard, la fabrication des soieries active les relations avec l'Italie du Nord, grande productrice de soie brute.

2. Meifred (pseudonyme de Guiraud), *Histoire de la Guillotière et des Brotteaux*, Lyon, 1946 (cet ouvrage peut être consulté aux Archives municipales de Lyon, ancienne série 0).

Plus encore qu'au Moyen Âge, les passages incessants de pèlerins, de soldats, de commerçants et de marchandises vont transiter par le pont du Rhône et les routes de la Guillotière. Une telle circulation a naturellement attiré à l'entrée du pont et sur le bord des routes les cabarets, les ateliers de réparation pour les voitures, les marchands de chevaux. Mais la Guillotière n'est encore qu'un passage avec arrêt momentané avant de franchir le pont, une tête de pont.

Jusqu'au XVIIIe siècle, en effet, il n'y a pas de problème de rareté de l'espace à Lyon et tous les organes indispensables à cet accroissement de trafic peuvent y être accueillis. Les voyageurs ne s'y arrêtaient que lorsqu'ils y étaient forcés, principalement lorsqu'ils arrivaient après l'heure de la fermeture du pont ou lorsqu'une crue violente rendait le passage trop dangereux. Cette mésaventure arriva à d'importants personnages. On raconte que, une arcade du pont ayant été rompue par la violence des eaux, le roi Louis XI arrivant du Dauphiné fut obligé de passer la nuit dans le faubourg de la Guillotière avec toute sa cour... Marie de Médicis, qui venait épouser Henri IV à Lyon, résida dans le château de la Motte près de la rue de Marseille, pour donner aux Lyonnais le temps de leur préparer une digne réception.

Tête de pont, la Guillotière servit également de lieu-exutoire quand les mouvements incessants de voyageurs sur le pont et les routes de la Guillotière firent naître des problèmes d'hygiène. Traversant des pays très variés, pauvres, pèlerins et voyageurs étaient parfois les véhicules de terribles épidémies. Quand la peste sévissait, il devenait particulièrement dangereux de les laisser pénétrer dans la ville. Au XIIe siècle furent construits à la Guillotière une léproserie, une maladrerie, un hôpital... Le hameau du début s'est trouvé agrandi par ces équipements. Lieu-exutoire encore, car devant la déferlante de soldats, pèlerins et voyageurs en tout genre, les Lyonnais finirent par sélectionner et bloquer de l'autre côté du pont tous ceux qui n'avaient pas de quoi payer leur logement dans un hôtel de la ville intra-muros.

Finalement, vers 1735, nous avons une image assez précise de notre territoire. Une carte nous montre la grande-rue de la Guillotière bordée de maisons, cent trente environ, chacune avec son jardin, depuis la place du Pont actuelle jusqu'à la place de la Croix-Saint-Louis. Des habitations, des granges, des demeures de jardiniers s'agglutinent le long des chemins qui aboutissent à la grande-rue. Mais le centre de peuplement est la patte-d'oie. Le bourg se compose donc d'un groupement de maisons disposées autour du carrefour avec une sorte d'antenne, la Grande-Rue, qui unit ce groupe au pont sur le Rhône. Ainsi, à cette période, la Guillotière apparaît déjà comme une véritable banlieue de grande ville, un faubourg. Les produits de ses champs et de ses jardins trouvent leurs débouchés naturels à Lyon. Par ailleurs, c'est là aussi que les Lyonnais prennent l'habitude de se rendre en promenade le dimanche, car, de l'autre côté du pont du Rhône, cabarets et réjouissances traditionnelles les attirent. Cette attirance ne durera toutefois pas.

Les fêtes à la Guillotière

Le premier dimanche de Carême avait lieu la fête des Brandons. Les Lyonnais se rendaient en foule dans la plaine de la Madeleine, au sud du bourg : ils coupaient des branches vertes, sortes de brandons, dans les nombreuses broussailles ; ils y attachaient des fruits, des gâteaux et revenaient en ville, non sans faire halte dans les nombreux cabarets de la Guillotière où ils mangeaient des bugnes. C'était une sorte de fête du Printemps. Plus fréquentée encore était la fête qui avait lieu le dimanche suivant, la fête de Saint-Denis-de-Bron, au début d'octobre. Les assistants avaient le privilège de pouvoir s'insulter réciproquement, sans que la police intervînt pour faire cesser les scandales.

Dans la première moitié du XIXe siècle, le bourg s'est transformé en ville. Son expansion a souvent étonné par sa rapidité, ainsi qu'en témoignent les paroles attribuées à un préfet de l'époque : « Si cela continue, on ne dira plus la Guillotière près Lyon, mais Lyon près la Guillotière[3]. » En cinquante ans, le

3. Meifred, *op. cit.*, p. 10.

bourg a gagné près de 60 000 habitants, avec une accélération notoire après 1815 :

1805 : 5 972 habitants (Lyon 150 000)
1815 : 7 000
1830 : 20 000
1846 : 30 000
1851 : 43 524
1856 : 65 378

Cet accroissement est lié au développement du commerce et du roulage, autour de Lyon. Au XVIIIe siècle en effet, la capitale rhodanienne est un des grands centres d'entrepôt et de transit du commerce international. De tous côtés, les marchandises affluent pour y être redistribuées. La position de la ville au carrefour d'un réseau routier important, le pont sur le Rhône, les capacités industrielles et bancaires locales, l'esprit d'initiative des commerçants lyonnais ont contribué à faire de Lyon une métropole du commerce international. Les routes jouent un rôle majeur dans cette expansion. Celle de la vallée du Rhône, qui relie Lyon à Marseille et à la Méditerranée, au Languedoc et à l'Espagne ; celle de Chambéry et de l'Italie. Par la première arrivent à Lyon les produits du Midi, les laines et soies, les drogues pour la teinture, les lingots d'or et d'argent provenant d'Espagne, et c'est par elle que repartent les étoffes de soie, les draperies, le papier. Par la route d'Italie, Lyon s'approvisionne en soies brutes et en riz, et renvoie des draps, des toiles, des dentelles, de la librairie. Or, ces deux routes sont précisément celles qui traversent le Rhône sur le pont de la Guillotière et franchissent une partie du faubourg. Le va-et-vient quotidien de marchandises et de voyageurs fait défiler les diligences des messageries et les lourds chariots à destination ou en provenance du Languedoc, de la Provence, de Grenoble, de Chambéry, de Turin.

La morphologie du bourg de la Guillotière se modifie. Sur le passage des diligences et des chariots de marchandises se montent des hangars, des abris pour véhicules, et aussi des hôtelleries, des métiers intéressés au trafic, charrons, marchands de fer. L'activité de roulage fait vivre la grande-rue de la Guillotière[4]. Elle sera renforcée par la naissance des industries de la vitriolerie en 1803, la verrerie de la Mouche en 1830, la cristallerie de la Guillotière en 1831, en 1842 celle du chemin des Culattes et la fabrique de bougies et de savons Coignet.

Les activités commerciales, artisanales, industrielles, mais aussi militaires[5], ont attiré une population ouvrière de plus en plus nombreuse et pour laquelle les habitations, souvent de piètre qualité, ont dû se multiplier. Les constructions hâtives et bon marché ont donné au bourg une allure désordonnée. L'industrie n'a pas arrangé la situation. On recensait ainsi à la Guillotière, en 1845, trois cent dix établissements insalubres, vrai semis au milieu des pâturages et des champs, véritable bourgeonnement d'établissements de toutes tailles[6]. Les alentours du pont se sont développés comme un haut lieu de commerce, de petites affaires, de croisement de populations diverses. La place du Pont, où aboutissait encore à cette époque le pont avec ses dix-sept arches, est devenue alors le cœur de la ville. La mairie du IIIe arrondissement est déplacée en 1836, puis en 1922.

Voilà la morphologie de notre quartier immigré de Lyon presque définitivement établie. La rue Moncey est construite en 1825, sur un des chemins historiques de la fameuse patte-d'oie qui convergeait à la Guillotière. Un an plus tard, la rue Paul-Bert est ouverte ; vers 1833, le cours des Brosses (cours Gambetta) ; après 1840, le sud du cours Gambetta.

---

4. Denise Martin, née Roux, « La Grande-Rue de la Guillotière. Étude géographique d'une voie lyonnaise », *in Revue de géographie de Lyon*, vol. XXV, n° 3, 1950, p. 169-214. Le roulage prit une extension de plus en plus grande à partir du Moyen Âge et atteignit son apogée au début du XIXe siècle pour subir une décadence rapide avec l'apparition des chemins de fer.
5. L'activité militaire est aussi indissociable de la formation du bourg. En 1847 est projetée la construction d'une grande caserne pour deux régiments d'artillerie, sur le domaine de la Part-Dieu.
6. Pierre Cayez, *Métiers Jacquard et hauts-fourneaux. Aux origines de l'industrie lyonnaise*, Lyon, PUL, 1978, p. 268, cité par Vincent Feroldi *in Le Quartier Saint-Louis-de-la-Guillotière*, centre Pierre-Léon, université Lyon-II, 1981, p. 4.

Le 24 mars 1852 marque une dernière phase dans l'histoire de la Guillotière. Jusque-là indépendante, elle devient alors quartier de Lyon par décret. Elle n'est plus qu'un quartier de la grande cité. La période suivante est celle du développement des grandes industries métallurgiques et chimiques ; elle va fixer définitivement une population ouvrière qui vient se loger dans les petites maisons aux loyers minimes. Elle va également enraciner le quartier dans son identité populaire et cosmopolite, avec tout le cortège de stigmates associés à un quartier de banlieue.

Lieu de débauche

Carrefour, tête de pont, étape, point de chute, relais, lieu de transit, de mouvements incessants, de brassages, de confrontations de soldats, de pèlerins, de voyageurs, de commerçants, de vagabonds, de mendiants, de migrants... mais aussi zone de cabarets et de divertissements populaires, le bourg de l'autre côté du pont a acquis très vite une mauvaise réputation. Les archives départementales et municipales livrent de truculentes correspondances administratives entre la police et les autorités de la Guillotière (souvent le maire). Elles permettent de décrire l'atmosphère sociale qui a régné ici dès la fin du XVIIIe siècle et durant le XIXe.

Ainsi, le niveau de violence semble suffisant pour que tout ce qui risque d'être source de rixes entre populations soit sévèrement contrôlé ou interdit, comme les jeux de hasard entre 1797 et 1824 (le jeu de quilles est interdit, « lorsque le hasard y est substitué à l'adresse »). Les salles de danse sont considérées comme des lieux pervers. Abus d'alcool et soldats y occasionnent de fréquentes bagarres, notamment près du pont de la Guillotière, comme en témoigne cette lettre du préfet du département du Rhône, maire de la Guillotière, datée du 5 octobre 1808 :

> Monsieur le maire, des plaintes s'élèvent contre deux salles de danse existant sur le territoire de votre commune, l'une dans la grande avenue des Charpennes, l'autre tout près du pont de la Guillotière. Toutes les deux sont, dit-on, l'occasion d'excès et de désordres fréquents. Des rixes éclatent très souvent et les mœurs y sont à tout moment offensées. La salle des Charpennes est très éloignée du faubourg. Il est difficile que l'autorité locale la surveille comme il faudrait. Celle du pont est placée dans un endroit d'où partent plusieurs rues ou chemins qui présentent aux gens suspects des facilités pour s'évader au besoin. Toutes ces circonstances semblent nécessiter la clôture des deux salles de danse dont il s'agit[7]...

Déjà, le pont de la Guillotière est le lieu de l'offense aux bonnes mœurs et, fait géographique notoire, il est identifié comme une « hors-zone » difficile à contrôler puisque les chemins divergents offrent aux suspects des facilités pour échapper à la loi. Déjà, la topologie des lieux pose un problème de contrôle à l'autorité. Et la population s'accroît : de 1815 à 1846 elle passe de 7 000 habitants à plus de 30 000. Le contrôle du vagabondage sur la voie publique sera renforcé tout au long de la période 1818-1842.

Presque toujours, les rixes impliquent des soldats dont les garnisons sont situées dans les alentours. Le 26 septembre 1821, une lettre de la préfecture au maire de la Guillotière fait état de bagarres collectives entre trente dragons et trente fantassins, occasionnant des blessés. Des « histoires de femmes » seraient à l'origine de ces troubles, mais ce sont les débordements politiques qui inquiètent le plus l'administration de la sécurité :

> On ajoute que les soldats d'infanterie sont entrés en ville le sabre à la main en criant : « Vive l'Empereur ! » Ces faits, Monsieur, [...] sont carrément graves... Je vous prie de mettre tous vos soins à en découvrir l'origine et les motifs. Il est difficile d'attribuer à des rivalités pour de femmes un combat de trente contre trente et l'on peut penser que d'autres motifs plus graves et d'une autre espèce ont donné naissance à ces animosités qui se manifestent d'une manière aussi fâcheuse. Vous vous efforcerez d'approfondir tout ce qui a pu faire

7. Archives municipales de Lyon, série Guillotière I.18.

naître cet événement et vous éclaircirez autant qu'il vous sera possible le fait du cri de « Vive l'Empereur ! »

La mauvaise réputation du quartier se traduit au début du XIXe siècle par des rébellions politiques de cette nature, donnant l'impression que la Guillotière constitue un lieu de subversion face à l'autorité centrale.

Les « histoires de femmes » dont parle la lettre font, en réalité, référence aux prostituées dont la présence est signalée par les correspondances de cette époque. Soldats, cabarets, maisons de jeux... font de la Guillotière une zone de bruit où le sommeil se perd. Même la moralité des fonctionnaires de police n'est pas épargnée par cette débauche ! L'histoire des « ripoux » commence tôt, ici. Une lettre du 20 mai 1823 informe officiellement le maire de la Guillotière de l'existence dans sa commune d'une maison de jeux de hasard tenue par un nommé Bouvier, quartier du plâtre n° 24, où l'on se réunit régulièrement, surtout le dimanche et le lundi, et où, jusqu'à trois ou quatre heures du matin, on joue à des jeux d'argent ; les riverains se plaignent du bruit. Par ailleurs, le propriétaire de la maison est soupçonné d'entretenir des prostituées ; ainsi, « cet établissement réunit tous les genres d'immoralité et cela sous la protection secrète d'un agent de police nommé Benoît qui en retire un tribut considérable et en dérobe avec soin la connaissance à l'autorité locale... ».

La chasse aux vagabonds, aux maisons de jeux, aux joueurs, aux prostituées, etc. fonde l'essentiel de l'activité des fonctionnaires de police. Mais la prostitution est un commerce qui va bon train et les routes enchevêtrées et divergentes de la Guillotière rendent ardus les contrôles. C'est là que les filles publiques de Lyon vont se réfugier pour se soustraire aux visites médicales et aux recherches de la police.

La Guillotière, « vaste harem ». Dans les années 1830, la Guillotière a acquis la réputation de lieu de débauche, en grande partie à cause de la prostitution. Déjà, en 1836, les vocables utilisés pour décrire le quartier sont empreints d'orientalisme. Ainsi cette lettre du commissaire de police de l'arrondissement (du 10 février) où il est question de « harem » à propos des prostituées. Elle dénonce la spéculation des tenanciers de cabarets qui recueillent les femmes publiques pour faire consommer les clients en « grande quantité de vins, liqueurs et victuailles ». Devant cette fructueuse exploitation, l'administration craint que d'autres cabaretiers ne soient disposés à suivre leur exemple. Le danger de « contagion » guette : « Si l'on n'y prend garde, la Guillotière (surtout le IIIe arrondissement) va devenir un vaste harem de débauche et de prostitution. » Fin 1836, on compte six maisons de tolérance au débouché du pont. Un rapport sur ces maisons de tolérance est adressé par la police au maire[8]. La situation est jugée grave par les autorités. Le pont de la Guillotière vient d'être réparé du côté de la Guillotière, et « ce quartier va prendre une nouvelle vie ainsi que le cours Bourbon[9] ; ne serait-il pas nécessaire de faire disparaître du cours toutes les maisons de prostitution qui s'y sont établies depuis longtemps ? ». Le cours Bourbon est en effet devenu à la belle saison le rendez-vous des promeneurs venus de Lyon et, remarque-t-on, « c'est la route directe des Brotteaux à la Guillotière et on comprend qu'il n'y ait rien de plus dégoûtant, pour les personnes qui fréquentent ce quartier, que de voir journellement ces mauvaises filles se vautrer avec des soldats ou avec des individus de leur espèce ».

Comme les maisons publiques se trouvent au rez-de-chaussée des habitations, elles offrent « toute facilité à ces filles de se promener sur le cours ». La station debout dans l'espace public est déjà jugée antihygiénique.

Quelques semaines plus tard, en novembre de la même année[10], un rapport dénonce l'insécurité croissante. L'installation d'un poste de police à la descente du pont est réclamée. Un

8. En septembre 1836.
9. L'actuel cours de la Liberté.
10. Rapport du commissaire de police du Ier arrondissement de la Guillotière au maire de la Guillotière, 4 novembre 1836.

incident éclate en plein après-midi : des militaires en bordée ont été arrêtés sur le cours Bourbon par leur sergent-major qui voulait les faire rentrer au quartier ; ils se sont révoltés contre leur chef, à qui ils auraient fait un mauvais parti si la gendarmerie n'avait pas été avertie à temps. Deux de ces soldats se sont enfuis avant l'arrivée de la gendarmerie sur les lieux. Les enseignements à tirer de cet incident sont clairs : « L'absence totale d'un poste sur la place du Pont s'est fait sentir d'une manière toute particulière » et, plus loin : « On ne saurait se passer d'un poste sur ce pont qui est envoisiné par des lieux publics où tous les soldats et les mauvais sujets se rassemblent et qui toutes les nuits empêchent les paisibles habitants de se reposer par des bruits continuels. »

Les soldats et les mauvais sujets sont dans le collimateur des autorités. Lieu de perversion, la Guillotière « à l'endroit du pont », est aussi considérée comme un lieu de perdition sociale, de contamination[11]. En avril 1838, une rixe dans une maison de prostitution a été provoquée par la présence d'un agent de police. Il a immédiatement été révoqué par le maire de la Guillotière qui s'inquiète auprès du préfet de savoir si son territoire fait l'objet ou non d'une surveillance particulière. Le préfet répond qu'aucune instruction n'a été donnée aux agents de police de Lyon pour leur prescrire une surveillance quelconque de la commune. « Ces agents viennent souvent sans doute à la Guillotière, mais ils n'ont d'autre but que de s'enivrer plus à leur aise dans quelque cabaret. » Mais en réalité, la commune est placée sous haute surveillance policière.

Foyer d'infection. Outre les « scènes de débauche » auxquelles donnent lieu les bals masqués, célèbres dans le quartier[12] vers 1840, la Guillotière devient le principal foyer d'infection

11. Préfecture du Rhône au maire de Lyon, 24 avril 1838.
12. Mairie de la Guillotière, arrêté de police du 22 janvier 1847 : « Pour assurer la tranquillité des habitants, il importe de prévenir les scènes bruyantes et souvent scandaleuses auxquelles se livrent sur la voie publique, pendant la nuit, les personnes déguisées ou non, qui fréquentent les bals masqués et autres établissements publics. »

de la syphilis[13]. Les prostituées de Lyon non contrôlées médicalement viennent s'y réfugier. En janvier 1848, la situation est jugée suffisamment grave pour que la préfecture de police demande un rapport sur la prostitution, tolérée et clandestine, sur le territoire de la Guillotière[14]. Où l'on apprend que ces maisons de tolérance, réduites récemment à dix-sept, contiennent environ cent dix femmes, recrutées en majeure partie dans les départements de l'Alsace, du Haut- et du Bas-Rhin, et sur lesquelles l'autorité peut exercer en permanence une surveillance active. C'est le problème de la prostitution clandestine « la plaie, la lèpre », qui inquiète le plus les autorités.

> En effet, la clandestinité démoralise les populations et paralyse totalement l'action de la police, en neutralisant le bien que les agents sont appelés à apporter sous le rapport sanitaire. La femme qui s'abandonne à la prostitution clandestine peut compromettre longtemps la santé de ceux qu'elle attire, si elle est malade, et il faut bien reconnaître que, sur dix, sept sont atteintes de la syphilis. Pour les femmes, pas de rétablissement complet ou possible ; la misère, l'ignorance des premiers symptômes du mal et, trop souvent, une fausse honte, dernier reste flétri de la pudeur, tout lui fait une loi d'étouffer dans ses flancs l'ulcère qui la ronge, de croupir dans la maladie qui s'aggrave de jour en jour, et compromet bien des existences, désunit ou infecte bien des familles, avant de la conduire au tombeau, elle, la cause première de tant d'erreurs, le germe de tant de maux.

On ne compte à la Guillotière que dix-sept maisons de tolérance mais le nombre des maisons de prostitution clandestine s'élève à sept cents ! Ce sont les petits cabarets[15], tenus habituellement par des femmes sortant des maisons de tolérance ou des militaires, des chambres garnies, louées à divers étages et des pièces ou appartements occupés par les nombreuses ouvrières qu'emploient les filateurs de soie et qui se livrent à la

---

13. Lettre au maire de la Guillotière, 30 novembre 1847.
14. Rapport concernant la prostitution, tolérée et clandestine, adressée au maire de la Guillotière par le commissaire de police chargé spécialement du IIIe arrondissement, le 19 janvier 1848 (document archives municipales de Lyon, série Guil. I.18).
15. Qu'on appelait aussi *les vinaigres*.

prostitution. Le nombre des prostituées est évalué à 1 200 ! La multiplicité des maisons de tolérance est expliquée par la proximité avec Lyon, ville manufacturière où abondent les jeunes gens, et aussi par l'agglomération des troupes casernées sur la rive gauche du fleuve.

Le portrait est brossé : la Guillotière est un lieu de perversion, d'infection, de corruption, de contagion, de dangerosité. Les rixes et les violences se multiplient. Des correspondances administratives trouvées aux archives s'étonnent même de bandes d'enfants qui se réunissent dans plusieurs localités de la Guillotière et se battent à coups de pierres...

Foyer de délinquance. Dans une étude sur la délinquance à Lyon, en 1845-1846-1847[16], André Chassin analyse la répartition des délinquants à la Guillotière et insiste sur la zone de la place du Pont, qui totalise 58 % de l'ensemble, contre 42 % pour la zone des Brotteaux, au nord de la Part-Dieu. Il explique que la place du Pont est le principal refuge des nouveaux arrivants car, l'octroi étant moins élevé, les loyers y sont moins chers qu'à Lyon. « Cette partie de l'agglomération n'est encore qu'une banlieue marécageuse, insalubre, sous la menace continuelle des crues du Rhône, ce qui ajoute encore à son caractère misérable. C'est aussi un foyer de délinquance beaucoup plus important que ceux que constituent la Croix-Rousse ou les vieux quartiers de Lyon, cependant il ne vient encore qu'au second rang après celui de l'hôpital, mais il faut tout de même noter, dans une optique dynamique, qu'il est en train de le supplanter et qu'il le remplacera complètement après les travaux de rénovation d'un centre. » L'étude des caractéristiques de la délinquance montre une très forte concentration, 26 délinquants sur 1 000 habitants en moyenne, soit le taux le plus fort de toute l'agglomération ; d'autre part, une concentration spatiale évidente : la grande majorité des délinquants

16. *La Délinquance à Lyon, à la fin de la monarchie de Juillet (1845-1846-1847),* mémoire, faculté des lettres et sciences humaines de Lyon, septembre 1971 (centre Pierre-Léon).

habite aux abords les plus immédiats de la place du Pont, dans la grande-rue de la Guillotière ou surtout dans le fameux « triangle du crime » formé par la rue de Chartres, la rue Louis-Legrand et le cours Bourbon. Si l'on excepte le grand nombre de délits liés à l'absence de permis de chasse dans ce quartier encore marqué par son aspect campagnard, l'auteur relève par ailleurs « une prépondérance très marquée des délits les plus simples, les plus brutaux, bref les plus révélateurs de la misère et de l'inadaptation (très forte proportion à côté des atteintes à la propriété, d'activités semi-parasitaires, d'atteintes à l'ordre, à la personne et aux mœurs) ». Quant à la zone des Brotteaux, ses belles constructions récentes le long du cours Morand en font une zone de résidence bourgeoise et la délinquance ne s'y exprime de façon notable que dans les rues dans le prolongement direct du « triangle du crime » et qui abritent un grand nombre de maisons de tolérance[17].

En somme, bien avant l'arrivée des vagues d'immigrants qui marqua le quartier de la place du Pont, le lieu avait acquis une bien mauvaise réputation, nourrissant les fantasmes et les psychoses insécuritaires des Lyonnais. Situé juste de l'autre côté du Pont, sur l'autre rive, il était déjà « en banlieue », secoué par des désordres sociaux et politiques[18]. De 1880 à 1900, en effet, à la Guillotière, pas une élection ne se terminait sans une bagarre devant la mairie de la place du Pont. « La salle du scrutin était souvent mise à sac ; les urnes volaient par les fenêtres et, parfois, les scrutateurs suivaient le même chemin[19]. » Presque systématiquement, au lendemain de chaque élection, se formait un cortège qui traversait le pont et marchait sur la ville de Lyon pour aller manifester sous les fenêtres du journal *Le Progrès* ; une grêle de pierres s'abattait sur les vitres... La maîtrise de ce territoire rebelle, marqué par la présence d'une population insoumise aux règles de l'ordre social, ne pouvait pas manquer

---

17. Cours Bourbon : 55 délinquants, rue Monsieur : 32 délinquants, rue Madame : 38 délinquants.
18. « Le forum de la Guille », *in La Vie Lyonnaise, art. cit.*, p. 12.
19. *Ibid.*

de faire l'objet de tentatives de réappropriation institutionnelle. *Via* les opérations de police ou les opérations urbanistiques. Cependant, il faut le redire : bien avant l'arrivée des immigrés, les lieux étaient déjà considérés comme malfamés.

La mémoire : la Méditerranée au bord du Rhône

Bien sûr, les traces des vagabonds, des « métèques », des étrangers, Italiens en particulier, associés à la dégradation de l'ambiance du quartier de la Guillotière, étaient présentes dans la littérature depuis longtemps[20]. L'endroit était présenté comme le refuge des « [...] gens tarés, les forçats libérés ou ayant rompu leurs chaînes » qui se cachaient dans les bouges pour fuir la police, et d'une population « flottante de la bohème mendiante venue de tous les pays et composée de joueurs d'orgue, de saltimbanques établissant leurs baraques sur les rives du Rhône ». Cependant, c'est surtout au lendemain de la Première Guerre mondiale que le secteur de la place du Pont est devenu un pôle d'immigration, une destination pour diverses vagues d'immigrants, Italiens, Grecs venus travailler pendant la guerre, Arméniens chassés de Turquie pendant le génocide, Algériens installés rue de l'Épée et Marignan entre les deux guerres, Juifs ashkénazes, de l'Europe de l'Est, Tunisiens, Marocains...

20. *Les Mystères de Lyon* de François Linossier, cité par André Chassin, *op. cit.*

L'arrivée des Asiatiques et des Turcs au début des années 1980 a encore changé la physionomie des lieux : les premiers se sont installés au sud de la place, tandis que les seconds ont investi la partie est, du côté de la place Voltaire.

L'histoire de la place et son rôle de lieu d'accueil des populations immigrées ont largement contribué à l'émergence d'un dynamisme commercial particulier, qui a fondé l'identité profonde du quartier[21]. Plus qu'un lieu où l'on va faire des courses, la place du Pont est une agglomération de fonction unique : on y va acheter des épices chez Bahadourian, de la menthe fraîche sur le trottoir, une voiture dans une société d'import-export, de la viande halal, on va y rencontrer des amis, des cousins à qui on a donné rendez-vous, on va boire un thé ou un café, manger une pâtisserie tunisienne, une soupe, faire lire une lettre par quelqu'un, en faire écrire une, prendre des nouvelles du pays, en donner. On y va pour se faire coiffer, pour prendre un bain au hammam. Acheter un billet d'avion pour un pèlerinage à La Mecque. Ou bien on peut tout simplement aller à la place pour être sur la place, flâner, rester debout pendant des heures à discuter avec des gens, regarder passer les autres, regarder passer le temps. Ce lieu où des centaines d'individus se croisent est le carrefour des rencontres, des échanges ; comme il y a un siècle, en tant que tel, il a suscité l'installation des commerçants et des artisans immigrés.

Très vite, la présence concentrée des immigrés autour de la place du Pont a alimenté des rumeurs, créé des tensions internes ou externes au quartier. Plus ils prenaient possession des lieux,

---

21. C'est d'ailleurs l'activité économique de la place du Pont qui fait l'objet des plus nombreuses études sur le quartier : Michel Rautenberg, « Formes et pratiques du commerce ethnique autour de la place du Pont à Lyon », *in Le Monde alpin et rhodanien*, 3e et 4e trimestres 1989. *Migrations*, Centre alpin et rhodanien d'ethnologie, Grenoble, 1989, p. 109-123.
André Vant, « Le Secteur pluriethnique Moncey ou la "Médina" lyonnaise », *Revue de géographie lyonnaise.*
Abdelkader Belbahri, « Réseaux sociaux et stratégies d'implantation commerciale des Marocains autour de la place du Pont à Lyon », *in Revue de géographie de Lyon.*
Jacques Defossé, *Le Rôle des structures commerciales dans la formation d'un quartier à dominante immigrée entre la place Gabriel-Péri et la Part-Dieu*, mémoire TER, université Lyon-II, 1987, 125 p.

plus croissait la stigmatisation à leur égard. C'est leur visibilité qui nourrit les discours sécuritaire, hygiénique ou tout simplement raciste. Les Italiens ont été les premières cibles de ce rejet.

La Guillotière des Italiens

Avant 1914, un courant traditionnel de migration italienne existait en direction de Lyon. Les Italiens étaient plus de 9 000 en 1891 et plus de 12 000 en 1911. Avec la Première Guerre mondiale, l'insuffisance de main-d'œuvre française a obligé à un appel considérable de manœuvres et d'ouvriers spécialisés. Le contingent de 12 630 en 1911 est passé à 28 480 en 1926. En quinze ans, les immigrés italiens ont doublé en nombre et l'accroissement de 15 850 individus représentait alors plus d'un tiers de l'accroissement de la population lyonnaise.

Outre l'industrie du bâtiment[22], celle de la chapellerie[23], certains secteurs de l'artisanat comme l'ébénisterie étaient des domaines de prédilection pour l'habileté et l'expérience de l'ouvrier transalpin, plus souple que l'ouvrier français. Au début du siècle, un quartier comme celui de la Guillotière abritait de nombreux ébénistes à façon, se prêtant aux exigences des clients et n'hésitant pas à se déplacer très loin pour les satisfaire. À l'origine temporaire, le projet de migration a progressivement dérivé vers l'installation définitive à Lyon. Ateliers et petites usines se sont multipliés[24]. Des économies sont accumulées et placées dans un petit commerce d'épicerie, un petit café, particulièrement à la Guillotière, marquée par une plus grande facilité de vie et les logements bon marché. Ainsi a pris forme l'intégration des Italiens dans le paysage de la rive gauche de Lyon. Le quartier, populaire et industrieux, aura servi leur installation. Non sans conflits.

22. En 1929, sur 10 000 ouvriers du bâtiment, 40 % sont étrangers, essentiellement italiens.
23. En 1924, 20 % des travailleurs de la corporation sont étrangers, presque tous italiens : soit 450 sur 2 200. En 1927, ils sont 800, soit 40 %.
24. Si les Italiens sont encore très nombreux dans les fabriques de soierie entre les deux guerres mondiales, ils ne viennent qu'en troisième ligne après les Grecs et les Arméniens.

Au XIXe siècle, Lyon, qui recevait surtout des mendiants et des manœuvres italiens pour les grands travaux, s'inquiétait pour son ordre public et les dangers que les mendiants et vagabonds transalpins représentaient. Une lettre du 20 avril 1867 adressée au ministère de la Justice par le parquet de la cour impériale de Lyon avertissait les autorités d'un nouveau fléau social[25] :

> Depuis quelques mois, une nuée de mendiants et de vagabonds venant de tous les points de l'Italie s'est abattue sur la ville de Lyon. Ils se trouvent dans toutes les rues, sur toutes les places publiques ; sous prétexte de faire de la musique et de montrer des animaux savants, ils mendient et ils volent quand ils en trouvent l'occasion. Il n'en est pas qui se livrent au travail, et la plupart exploitent de malheureux enfants qu'ils ont amenés avec eux en les obligeant à voler et à demander l'aumône et en les maltraitant quand ils ne recueillent pas une somme déterminée. Ces vagabonds couverts de haillons et de misère sont devenus pour Lyon un embarras de premier danger[26].

À ce moment, les rapports n'étaient pas très bons entre la France et l'Italie ; il n'empêche que ce témoignage renseigne bien sur le sentiment d'invasion que ressentaient les Lyonnais de l'époque. À tel point que, le soir du 24 juin 1894, plusieurs milliers d'entre eux se sont rués sur les cafés et les magasins italiens, quand le nom de l'assassin du président Carnot, Caserio, a été connu. L'émeute, qui dura deux jours, n'a pas fait de victimes, mais elle a contribué à chasser de la ville des milliers de Piémontais.

Invasion, insécurité, malpropreté, immoralité... les Italiens cristallisaient à Lyon, au siècle dernier, tous les stigmates de l'« étranger de passage ». Dans le même temps, le quartier de la Guillotière où s'arrêtaient souvent ces « mendiants, chômeurs et autres vagabonds » était aussi marqué du sceau de la dangerosité. Mais cette fois, et pour la première fois, la présence des

25. « La Formation de la population lyonnaise : l'apport italien » (seconde moitié du XIXe siècle, début du XXe), Abel Chatelain, *Revue de géographie de Lyon*, vol. XXVII, no 4, 1952, p. 317-326.
26. *Ibid*, p. 319.

étrangers dans la ville était directement incriminée, alors que, par le passé, les soldats, les tenanciers de cabarets et les alcooliques avaient fait figure de boucs émissaires.

Prostitution, bagarres, racisme

La prostitution, si prospère au cours du siècle dernier, prend encore de l'ampleur pendant la Première Guerre mondiale, et marque encore plus l'identité de la place du Pont. Un écrivain lyonnais, Georges Navel, qui vécut rue de la Part-Dieu vers la fin de la guerre de 1914, écrit : « À Lyon, nous habitions une rue honnête en bordure d'un quartier malfamé. D'énormes gigolettes en tabliers noirs, en hautes bottines jaunes, guettaient l'Arabe, le Noir, l'Annamite, le Chinois, l'homme saoul. Elles se surmenaient les soirs de paye quand les usines de guerre lâchaient leur personnel colonial. À la file, près des hôtels borgnes, les coloniaux attendaient leur tour ; la curiosité me poussant, je m'aventurais à traverser le quartier, en prenant bien garde de ne pas lâcher le milieu de la rue, évitant de croiser mon regard à celui des matrones aux faces diaboliquement colorées... Quelquefois, le sang coulait, mais j'arrivais toujours avec la foule et la police, après les coups de hache ou de couteau. » Les témoignages de l'époque font souvent référence à la hache, au couteau et au rasoir, intimement associés à l'étranger, aux Méditerranéens, aux « coloniaux » dans la période de la Première Guerre mondiale. Les bagarres sont fréquentes[27].

Parfois, on ne sait plus distinguer les rixes interethniques ou intermafieuses, comme en témoigne cette anecdote. Le 7 janvier 1919, un groupe d'hommes d'origine grecque envoie une plainte collective à la préfecture, signalant l'insécurité dont ils sont victimes à la place du Pont, où ils résident. Ils se présentent comme d'honnêtes travailleurs œuvrant dans les usines

27. Geneviève Massard-Guilbaud, *Des Algériens à Lyon. De la Grande Guerre au Front populaire*, CIEMI-L'Harmattan, 1995, p. 196.

de la défense nationale et soumis aux violences de bandes d'Arabes...

> Les soussignés avons l'honneur de porter à votre connaissance ce qui suit : depuis quelque temps, le quartier de la place du Pont est soumis à une continuelle rixe et vols de nuits par des bandes d'Arabes. Les ouvriers étrangers qui travaillent dans les usines de la défense nationale sont arrêtés par ces bandes, volés et blessés. Il nous est impossible de regagner nos chambres dans la nuit. Nous espérons, Monsieur le Secrétaire pour la police, que les faits mentionnés plus haut attireront votre attention et que vous voudrez bien ordonner le nécessaire pour que ce quartier soit nettoyé de ces bandes qui terrorisent les milieux ouvriers étrangers. Avec nos remerciements[28].

La pétition est signée par une vingtaine d'individus : Miropoulos, Arnaouloglou, Baltopoulos, Cotoulias, Mustakos, Anastasiades... Le secrétariat général pour la police demande alors au chef de la sûreté de faire exercer une surveillance spéciale et de lui fournir un rapport détaillé sur la situation signalée. Le 20 janvier, la réponse, plutôt cocasse, parvient à son bureau. D'après le chef de la sûreté, « les faits signalés dans la plainte sont beaucoup exagérés ». Il confirme effectivement que des rixes se sont produites à l'endroit de la place du Pont, mais qu'« elles étaient causées par les agissements d'Arabes et sujets grecs se livrant à la vente de tabac de contrebande ». Finalement, des procès-verbaux ont été dressés à l'encontre de ces individus.

On retrouve trace de ces oppositions à caractère ethnique dans une étude que Geneviève Massard-Guilbaud[29] a consacrée

---

28. Archives départementales du Rhône, série M.

29. *Des Algériens à Lyon, op. cit.*, p. 387 : « ... à la place du Pont, ici, il y a un édifice monstre qui a le titre de Prisunic. Eh bien, il est expressément défendu aux Algériens d'y mettre les pieds, non pour acheter des marchandises, mais pour consommer quoi que ce soit. Pourquoi cela ? nous sommes cependant des "sujets français". Mais, hélas, à ce qu'il paraît que les capitalistes de cette boîte sont des juifs qui, par haine peut-être de ce qui est arrivé à Constantine, ont voué cette haine à nous qui ne sommes pour rien dans cette histoire. Ce jour que je vous écris, j'ai endossé mon complet neuf, bien cravaté, avec également une casquette et une paire de souliers neufs. Ayant pénétré dans ce fameux magasin-hall aux prix uniques, j'avais fait quelques emplettes. Arrivé à l'étage supérieur où il existe une vaste salle où l'on sert à manger et à boire, un gros gaillard flanqué d'un loustic m'arrêta au guichet et ordonna à la

aux Algériens de Lyon dans les années 20-30 ; cette fois il s'agit de différends entre des membres de la communauté algérienne (politisés, affiliés au mouvement nationaliste de Messali Hadj) et les responsables juifs d'un grand magasin de la place du Pont. Dans une lettre parue dans l'*Ouma* en novembre 1934, un certain Mohamed Yahiaoui se plaint auprès du préfet de discriminations dont auraient été victimes les Algériens à l'entrée du Prisunic, grand magasin bon marché de la place, dont le responsable est juif.

Le racisme est également institutionnel. Dans les années 20, après les Italiens, c'est aux Nord-Africains qu'est accolée l'image de l'« étranger brutal ». Avant la Première Guerre mondiale, appelés les « tchouk-tchouk », ils étaient décrits comme « de grands enfants effarouchés, suscitant curiosité et sympathie ». Outre leur patriotisme, note Yves Lequin, la guerre avait révélé leurs vertus belliqueuses et « l'on s'attendrissait de leur volonté de mimétisme vestimentaire. Mais, après 1918, les "sidis", puis "les bicots" deviennent maladroits, instables, sales, dangereux, malades[30] ». Dur revirement de l'image d'une population de « coloniaux », sujets français, que la Première Guerre mondiale a permis d'embaucher : plus de 80 000 Algériens sont ainsi devenus tirailleurs - de gré comme engagés - et autant de force comme appelés. Bientôt, 78 000 autres viennent travailler en France aux côtés de 55 000 Marocains et Tunisiens, de 50 000 Annamites, de quelques milliers de Malgaches et même de 37 000 Chinois. Au total, 230 000 hommes, dont 100 000 sont employés dans l'industrie de la guerre[31].

En 1921, c'est surtout au nord de la place du Pont que les

---

serveuse de ne pas me servir, en m'expliquant que, par ordre de l'administration, on ne doit pas servir aux Algériens. Cependant, nous servons bien la France en temps de paix comme en tant de guerre, et nous les servons dans notre propre pays, je n'ai pas laissé de mettre les points sur les "i". Ces bons Français, je ne pense pas qu'ils le sont, certainement c'est des juifs qui nous en veulent, mais ils sont en retard. Qui vivra verra, à bon entendeur, salut !... Yahiaoui Mohamed, traduction verbale de l'arabe en français par M. Chaouni Abdelkrim, 5, rue des Passants, Lyon ».

30. Yves Lequin, *La Mosaïque France, op. cit.*, p. 400.

31. *Ibid.*, p. 344.

Algériens habitent. Un premier noyau est centré autour de l'extrémité sud de la rue Pierre-Corneille, allant de la place du Pont à l'avenue de Saxe non comprise ; un autre est situé sur l'intersection des rues Moncey et Du Guesclin. Dans l'ensemble des rues comprises entre le cours Gambetta et la rue Paul-Bert, on n'en trouve aucun. Il existe ainsi une nette séparation entre ceux de la Guillotière et ceux qui vivent à la Part-Dieu. Le quadrilatère de la préfecture, compris entre les rues Vendôme et de la Part-Dieu et les grands axes, n'en comporte aucun non plus. Pas d'isolés sauf un, loin dans la rue Paul-Bert, qui annonce l'évolution future.

À cette date, la police lyonnaise contribue efficacement à diaboliser les Algériens. Dans une lettre du 9 août 1923, le commissaire de la Part-Dieu répond à une demande de l'administration qui veut les recenser dans le département. Son contenu témoigne d'une ingratitude manifeste à l'encontre de ces immigrés, à la sortie de la guerre de 1914-1918[32] :

> [...] référence à votre note en date du 23 juillet 1923 concernant la situation des indigènes algériens habitant à la ville de Lyon, j'ai l'honneur de vous soumettre ci-dessous les observations personnelles demandées :
>
> Environ 300 à 350 Algériens habitent mon quartier, notamment dans les rues Moncey, Mazenod et Chaponnay.
>
> 1) Il est matériellement impossible, faute d'interprètes et de pièces justificatives, de pouvoir affirmer quels sont ceux qui se sont mariés dans leur pays d'origine. Aucun, à ma connaissance, n'est marié avec une Française ou une Européenne.
>
> 2) Tous sont manœuvres et gagnent un salaire moyen journalier de 12 à 15 francs, quand ils veulent bien travailler !!!
>
> 3) Ils constituent dans ce quartier de la ville de Lyon un véritable foyer de malpropreté, un centre antihygiénique. Et quand l'un d'eux se livre aux ablutions les plus élémentaires, il le fait dehors, dans les cours des habitations, dans les passages entre les immeubles, dans les escaliers, sans aucun souci de la morale publique.
>
> 4) Au point de vue police, leur agglomération est un danger pour la

32. La trace de cette lettre a été retrouvée par Geneviève Massard-Guilbaud, *op. cit.*

sécurité publique ; le coutelas, le poignard, le rasoir sont des armes offensives et défensives normalement employées ; ils s'en servent même sans aucune provocation.

5) Paresseux, fainéants au degré le plus élevé, ils rôdent dans les rues, le jour et la nuit, toujours en quête de quelque malveillance ou d'un « bon coup » à faire, pouvant rapporter quelque chose sans trop de peine.

D'autre part, certaines maisons connues donnent abri clandestin à toute cette populace et il est fatal que nombre d'entre eux échappent au contrôle. En résumé, la population algérienne de Lyon, qui vient presque toute de Marseille, constitue pour une agglomération telle que la nôtre un danger hygiénique et social et une menace constante pour la sécurité publique. À ce dernier point de vue, les statistiques du parquet pourraient être intéressantes.

Un rapport étonnant ! On reste stupéfait devant la similitude des portraits sociaux brossés par l'administration, en ce qui concerne les mendiants et vagabonds italiens, les indigènes algériens et... les prostituées, immoraux, avides d'argent facile, clandestins, rebelles au contrôle. Immigration, prostitution créent chacun les foyers d'infection antihygiénique. Dans ces portraits, l'« argent facile » est au cœur des explications de la débauche. Dans les années 20, on compte à peine quelques centaines d'Algériens dans ce quartier de la place du Pont. Mais leur réputation est établie et leur empreinte dans le quartier déjà suspecte[33]. Elle va devenir indélébile, et marquer l'identité de la place du Pont. Jusqu'à nos jours.

Quelques années plus tard, un journaliste de *La Voix du peuple* détaille la mauvaise réputation du quartier qu'il nomme « La Molière... rue Marignan, Molière, Chaponnay, Mazenod... Dans l'imagination de bien de nos concitoyens, ce vieux quartier, aux maisons lépreuses, délabrées, est devenu une espèce de

33. *Des Algériens à Lyon...*, *op. cit.* Bien que la loi Jonnart du 4 février 1919, créant un statut de citoyen indigène intermédiaire, élargissant la représentation musulmane et facilitant l'accès des musulmans aux emplois publics, ait facilité leur installation... (p. 61). À titre d'information, signalons que, en 1931, les plus grosses communes algériennes « fournisseuses » sont pour Lyon les suivantes : Soummam (274), Fort-National (155), Dra-el-Mizan (120), Tizi-Ouzou (110), Alger (105), El-Milia (103), Constantine (87), Eulmas (87), Akbou (81), Ouled-Djelal (69), M'Sila (62), Saint-Arnaud (59), Sidi-Khaled (42), Takikount (42).

ghetto étrange. Certes, pendant des années il fut le siège d'une pègre spéciale. Le souvenir d'Occrida la Tatouée n'a pas disparu de toutes les mémoires. Quelques-uns se souviennent de cette faune aux types accentués qui se tirait à trois heures de l'après-midi des coups de revolvers par les jambes... bien des gens hésitent à circuler par là. Et, la nuit venue, j'en connais qu'on payerait bien cher sans les décider à y aventurer leurs pas, tant est forte et enracinée la réputation de ces lieux... » On retrouve ainsi dans cette description les ingrédients classiques de la stigmatisation historique de notre quartier qui en font un ghetto redouté par les Lyonnais. La « médina des sidis » ne va jamais cesser d'être une source d'inquiétude, mâtinée d'attirance fantasmatique.

Années 30 : la « médina des sidis »

« Le soir, et surtout le dimanche, toute une floraison de chéchias rutilantes émaille ces vieilles rues. Les tirailleurs et les artilleurs indigènes sont de sortie[34]... »

En 1935, un écrivain lyonnais prolifique, Marcel Grancher, publie un roman, *Les Nuits de Lyon*, dans lequel il consacre quelques pages à « Une nuit rue Marignan », située en plein cœur du quartier de la place du Pont[35]. Leur lecture est désopilante. Nous en tirons quelques extraits, que nous avons découpés selon des registres différents.

Analyse géographique :

À Lyon, l'Arabie est bornée au nord par la rue Chaponnay, au sud par la place du Pont, à l'est par l'avenue de Saxe, à l'ouest par le cours de la Liberté...

Analyse historique :

Ce fut vers la fin de la guerre que les premiers « travailleurs indigènes »

34. *La Voix du peuple*, nº 215, 15 janvier 1937.
35. Marcel Grancher, *Les Nuits de Lyon*, Éditions Lugdunum, Lyon, 1935.

occupèrent ce quadrilatère approximatif. Ils s'y trouvèrent bien. Ils y firent venir leurs parents, leurs amis, quelquefois leurs femmes. Ils y installèrent leurs cafés, leurs restaurants, leurs coiffeurs, leurs « galetteries », leurs fripiers. Ils y furent bientôt absolument comme chez eux...
Certes, il existe à Lyon et dans la banlieue d'autres colonies arabes. Leurs membres sont des malchanceux. Et, chaque dimanche, ils essaiment, en caravanes importantes, vers cette Mecque... des environs de la place du Pont.

Analyse des relations sociales :

Au début, cette « pénétration » n'alla pas toute seule. Le quartier appartenait depuis de longues années à d'estimables gentlemen qui avaient le browning assez facile après boire - et même avant.
Le sidi est patient. C'est là une des principales qualités de sa race. Et puis il a un allié puissant : le pou.
Les gentlemen n'insistèrent pas et le rapport de police que j'ai en main dit, entre autres choses, textuellement ceci : la clientèle « sidi » a entièrement chassé des cafés des rues Chaponnay et Villeroy la clientèle apache.

Analyse physiologique :

Des sidis, il en est de toutes les sortes : des grands, des petits, des maigres, des gros. Il y en a d'exagérément chevelus ; d'aucuns sont barbus ; certains parfaitement glabres. Parmi eux, on trouve l'Algérois raffiné, le Tunisien retors, le sauvage enfant du Sud, le madré paysan de Tebessa, et jusqu'au Chleuh farouche. Ils s'habillent de costumes surprenants, de vieilles frusques achetées au « dépendez-moi-ça » : houppelandes invraisemblables, paletots étrangers, pantalons inouïs. J'en ai vu qui avaient une capote d'infanterie d'avant-guerre. Ils se coiffent de casquettes douteuses, de bérets défraîchis, quelquefois du fez ou du turban national...

Topologie :

Sordide, la rue Marignan, surtout dans la partie comprise entre les rues de l'Épée et Villeroy. Des maisons noires, aux façades squameuses. Sordide et lugubre, car tous les contrevents des devantures sont fermés.
Ah ! Ce n'est plus la rue Marignan de jadis, belle dans son horrible

> pittoresque, où, au seuil de chaque rez-de-chaussée large ouvert, se tenait une pitoyable vendeuse d'amour ; où jouxtaient les boutiques de colifichets et de parfumerie à bon marché. Les sidis ont chassé les unes et transformé les autres en « restaurants » (?).

Une vingtaine de pages de ce « roman », sur le même ton, sont consacrées au quartier de la place du Pont. Elles exhalent un parfum de racisme de même facture que celui qui émane de la description des Algériens faite par la police en 1923.

Le garni, le café, la rue. Toujours en transit dans des lieux d'escale, le travailleur immigré vit à peu près comme un campeur. L'acceptation de conditions de logement rudimentaires lui permettait de faire des économies et de construire ainsi le retour au pays ou de faire vivre la famille qui y était restée. Le partage du loyer à plusieurs était même la règle la plus courante. L'appartement ne pouvait pas être un « foyer » au sens familial du terme. Il devait rester un lieu de transit, froid, qui rappelait en permanence l'appel du pays : guère de mobilier, confort minimal, juste de quoi dormir correctement pour entretenir sa force de travail...

Bouzid, arrivé à Lyon pour la première fois en 1950, à l'âge de trente-sept ans, raconte avec une mémoire encore vive les conditions de logement dans les garnis autour de la place du Pont :

> J'habitais dans un garni rue Garibaldi... à l'endroit où il y a maintenant un bureau de poste... c'était 119, rue Garibaldi... bien sûr que je m'en souviens. Ils l'ont démoli, ils ont construit à la place un grand immeuble...nous étions beaucoup dans ce garni, vingt ou trente personnes... c'est vrai. On payait 1 000 francs anciens par mois, à l'époque. Moi je gagnais 13 000 francs... C'était le cousin d'un ami qui était le propriétaire de ce garni... non, non, il n'avait pas de café. Le café d'à côté était celui de madame Gérardot. Quand le propriétaire du garni est mort, c'est elle qui a racheté...
> Nous étions dévorés par les rats dans ce garni... c'était honteux, oui, oui... une de ces misères, et oui... honteux... Vers la poste de la place

du Pont il y avait aussi le garni de Bou Amari... c'était un café avant... quelle rue ? Je ne sais plus... le café Bou Amari, tous les gens qui venaient d'Algérie y venaient... les gars qui ne savaient pas... je le jure... les gens de Sétif venaient tous chez Bou Amari... il leur donnait à manger... C'était un Sétifien lui aussi, du douar Rsessla, près d'El-Ouricia... lui était en France depuis bien longtemps, bien sûr, avant 1946... avant, avant... À cette époque ils n'étaient que six Algériens à Lyon, pas plus, oui, six Algériens... et ils n'habitaient pas tous à Lyon, il y en a qui habitaient à l'extérieur... Le dimanche seulement ils se donnaient rendez-vous à Lyon, à la place du Pont, dans un café, là où il y a actuellement un ascenseur, de ce côté (en face du McDonald's)... C'est encore un café maintenant... Les Arabes se donnaient rendez-vous dans ce café, les samedis et les dimanches... Il y en a qui buvaient de l'alcool et tout... Ils ne montraient pas qu'ils étaient arabes... Ils se cachaient, c'est la vérité. Ils ne voulaient pas être reconnus comme des Arabes...

Bou Amari était quelqu'un de bien. Il est mort maintenant... dans son café il accueillait des gens sans les faire payer...

... Moi, quand je suis arrivé à Lyon, j'étais avec un ami qui s'appelait Saïd Chenafi. Nous nous connaissions du village d'El-Ouricia, alors nous sommes venus ensemble à Lyon... lui était déjà venu, il avait un travail. Moi c'était la première fois, il n'y avait pas de travail ici, rien... je suis allé à Pont-de-Chéruy... il y avait mes cousins Ali et Belgacem là-bas, ils travaillaient... Je n'avais pas trouvé de travail à Lyon, il fallait du piston et moi je ne savais ni lire, ni écrire, ni comprendre... j'ai d'abord travaillé à Pont-de-Cheruy dans une usine d'espadrilles, puis j'ai rencontré un paysan qui m'a embauché, il me donnait 1 000 francs par mois, je mangeais chez lui... je suis resté un mois. Personne d'autre ne voulait m'embaucher. Comment allais-je faire ? Je suis allé dans une carrière à Crémieu où j'ai travaillé un mois... Un jour, un gars d'El-Ouricia, Saïd, est venu me voir, il travaillait dans l'usine à matelas Mondial à la place du Pont... Moi je ne voulais plus rester à Pont-de-Cheruy, ils n'avaient pas de place pour dormir et je n'avais pas de quoi me payer à manger... Saïd est venu me voir, il avait parlé de moi à son patron et son patron lui avait dit : vas-y, amène-le. Il a pris un taxi avec un ami à la place du Pont, jusqu'à... la place Grand-Clément... Ils voulaient tous les deux venir me chercher à Pont-de-Cheruy, mais le chauffeur de taxi les a fait descendre à Grand-Clément, il a eu peur... ils ont dû prendre un autre taxi qui a accepté de les conduire jusqu'à Pont-de-Cheruy...

Ils sont venus me chercher, dans la nuit, et ils m'ont amené dans leur garni de la rue Garibaldi...
À cette époque, nous dormions à deux dans un lit d'une place... la misère, je te jure... aucun des deux ne pouvait bouger... comment voulais-tu faire ? dormir par terre ? c'était trop froid. C'était le mois d'octobre, novembre 1950... oui, il y avait aussi du gros brouillard à Lyon... en 1950...
Mais mon arrivée dans ce garni a provoqué un conflit, il n'y avait pas assez de place dans la chambre, il y eut une bagarre entre deux frères... Il y en a un qui a dit : pourquoi tu l'as amené là ?
Le lendemain matin, ils m'ont emmené à l'usine de matelas Mondial... ils étaient très lourds, ces matelas, oh... avec des ressorts... il y avait des travailleurs qui cousaient à la machine de la toile sur les matelas, ceux-là gagnaient bien à leur époque, jusqu'à 60 000 francs par mois... il n'y avait pas d'Arabes, non, seulement des Italiens et des Espagnols... Donc je suis resté là, les tables me gênaient quand je devais transporter les matelas d'un endroit à un autre... je ne comprenais rien, pire que maintenant... des travailleurs italiens qui me donnaient des conseils... Moi je n'aimais pas bien, les ouvrières se moquaient de moi... puis j'ai pris confiance...
Je n'ai pas quitté le garni... je gagnais 15 000 francs par mois à Mondial Matelas. Pour le garni, je payais 1 000 francs par semaine... On faisait la cuisine à l'intérieur... on plaçait le sucre sur des étagères, très haut, parce que les rats le mangeaient, ils grimpaient au mur pour aller chercher le sucre, je te le jure... des rats, pas des souris ! Ils auraient pu nous manger nous-mêmes, qu'est-ce que tu crois !...
Pour se laver, il n'y avait rien, on allait aux douches municipales de la rue Garibaldi...
Dans le garni, il y avait deux chambres ; dans la première, il y avait deux lits et on dormait à deux dans chaque lit, ça faisait quatre personnes, et dans la seconde, la chambre d'à côté, ils étaient cinq personnes...
Après, j'ai déménagé, je suis allé habiter rue de Créqui avec un Algérien de Sétif. Je le connaissais, il était marié avec une femme qui était de la famille de ma femme... Un jour il m'a proposé de venir habiter avec lui, j'ai accepté... Dans la chambre, nous étions trois avec son frère ; je ne suis pas resté longtemps, un an environ...

Le garni est le prototype de l'habitat de l'ouvrier en transit, de l'immigré, dans l'entre-deux-guerres. Un recensement, effectué par le service *ad hoc* de la préfecture en 1925, donne pour la seule rue de la Guillotière 92 garnis, 100 pour la rue de Marseille, et 147 pour la courte rue Montesquieu[36]. À la Guillotière, autour de la place Saint-Louis, un ou deux autres sont repérés. On évalue à environ 2 200 le nombre d'Algériens à Lyon au début des années 30[37]. Aucun n'est fixé à une adresse distante de plus de quelques centaines de mètres de celle d'un compatriote. Un exemple : dans la grande-rue de la Guillotière, le recensement de 1936 dénombre 4 450 personnes, dont 500 étrangers (15 %) : Italiens, Espagnols, mais aussi Nord-Africains, Arméniens, Polonais, Russes, réfugiés alsaciens-lorrains, Israélites, Français et étrangers[38]. Ici, les garnis ou l'appartement d'une seule pièce ont été conçus à partir des petites maisons anciennes qui ont été subdivisées. Sur les 20 Nord-Africains recensés, 11 logent dans les garnis du nº 52.

Les conditions de logement évoquent la misère, comme le disait Bouzid. L'atmosphère dans les chambres est glauque. Les rats, la saleté, les installations sanitaires inexistantes... dépeignent l'état de délabrement de certaines maisons du quartier. Au début des années 30 on entreprend de démolir le pâté de maisons situé entre la place du Pont, le cours de la Liberté, la rue de Turenne et la rue Marignan... Des voix expriment déjà la nostalgie de la physionomie que gardait la place du Pont depuis 1850, « de carrefour animé, souvent grouillant, où se parlaient toutes les langues d'Europe, d'Afrique et du Dauphiné, où l'on a rencontré tous les costumes, qui avait l'air à la fois de quelque quartier populaire de Paris, d'un vieux faubourg lyonnais et d'un port méditerranéen[39] ». Malgré cette touche nostalgique, le bâti semble avoir atteint un état de détérioration tel que les démolitions sont inévitables. Le taudis[40] : la plaie principale, le malheur le plus visible.

36. *Des Algériens à Lyon, op. cit.*, p. 280.
37. *Ibid., op. cit.*, p. 281.
38. « La Grande-Rue de la Guillotière », *art. cit.*, p. 198.
39. P. Sambardier, *op. cit.*, p. 11.
40. *La Voix du peuple*, nº 214, 9 janvier 1937.

> [Il] s'étale dans toute sa hideur, dans ce qu'il a été de plus repoussant. On blesserait la pudeur et la conscience à étaler tout ce qu'il y a d'horrible et puant dans ce quartier de la Molière. Il faut avoir passé dans ces couloirs étroits, gravi ces escaliers de bois aux marches disjointes et percées, respiré l'odeur infecte des caniveaux, des fosses et des courettes de certaines maisons pour se faire une idée de cette plaie sociale qu'est le taudis. Ne parlons pas des appartements. Ne parlons pas des greniers qu'on appelle des chambres, dont les plafonds bas et les murs suintants défient toute description, où résident cependant de pauvres malheureux à qui on vend horriblement cher le droit de dormir sous un toit, malgré l'odeur rance et le cubage d'air insuffisant[41].

Notre écrivain local Marcel Grancher, qu'on ne pourrait suspecter de communisme, comme le journaliste de *La Voix du peuple*, nous propose sa description du « restaurant pour sidis » qu'on trouve dans ces ruelles[42] :

> [...] c'est quelque chose de très particulier - encore que peu compliqué à organiser : on loue une boutique, n'importe laquelle - le meilleur marché possible ; on y met quelques tables et quelques chaises de bois blanc - blanc il ne le reste pas longtemps ! Pas de réparations, naturellement : plus c'est sale et mieux ça vaut ! Dans l'arrière-magasin, on installe un fourneau, et on accroche dans un coin le mouton rituel - qui la plupart du temps n'est qu'une chèvre. Au long des murs, car le « restaurant » est souvent hôtel, on fixe des planches qui serviront de grabat et sur lesquelles les clients dormiront, soit la nuit, soit le jour, suivant qu'ils travaillent le jour ou de nuit[43].

Un peu plus loin, il désigne les hôtels de la rue Marignan qui « se touchent, tous sinistres ; tous inquiétants, alternant avec les cafés, les restaurants et les coiffeurs - devantures tristes, devantures sales, devantures closes ».

L'intérêt du travailleur immigré en transit, qui consiste à accumuler des économies, passe par l'acceptation des pires conditions de logements, et coïncide souvent avec le profit d'un

---

41. *La Voix du peuple, art. cit.*
42. *Ibid.*, p. 73.
43. *Les Nuits de Lyon, op. cit.*, p. 77.

loueur, généralement un compatriote propriétaire d'un café ou d'une boucherie dans les environs.

Le garni et le café font partie du décor du quartier immigré. Dans les quartiers de la Part-Dieu et de la Guillotière réunis, Geneviève Massard-Guilbaud a recensé pour l'année 1934 24 cafés arabes sur un total de 52 dans l'agglomération lyonnaise[44]. Leur implantation correspond à la géographie des garnis algériens à cette époque. Ne connaissant apparemment pas de problèmes de concurrence, les cafés algériens sont très près les uns des autres, se touchent même : on en compte jusqu'à cinq dans le même tronçon de la rue de Sévigné aux numéros 17, 25, 22, 24, 26... et trois dans la très courte rue Marignan, aux numéros 12, 15 et 16[45]... Destinés aux hommes célibataires, ils attirent les prostituées, les jeux d'argent, les rixes et... la police.

Dans la situation d'immigration, la fonction sociale du café revêt une importance considérable. Au café des compatriotes les célibataires boivent, passent le temps, échangent des nouvelles du pays, mangent, jouent aux dominos. Parfois ils sont tout simplement là pour ne plus être dans leur chambre exiguë. Le café est un lieu public, une alternative à la rue où l'on stationne de longues heures, les jours de repos. L'écrivain lyonnais Marcel Grancher donne son point de vue raciste : le café, « ... c'est, pour ces déracinés, l'endroit où l'on mange quand on veut et ce que l'on veut, où l'on joue, où l'on fume. Ils y restent des heures, serrés sur les bancs étroits comme d'étranges oiseaux des îles, côte à côte - et poux contre poux -, à rêvasser, à regarder l'écrivain public qui rédige des lettres pour le pays, écouter le voisin qui braille... à boire du vin - malgré le Coran -, de l'eau-de-vie, du thé à la menthe[46] ».

Dans les années 30, la grave crise économique plonge dans la misère nombre de tirailleurs et artilleurs algériens restés à

44. *Des Algériens à Lyon, op. cit.*, p. 278.
45. *Ibid.*
46. *Les Nuits de Lyon, op. cit.*, p. 74.

Lyon après la guerre. La recherche de l'historienne Geneviève Massard-Guilbaud livre la meilleure analyse de cette période à Lyon. Un article de *La Voix du peuple* témoigne de ces Nord-Africains du quartier de la Molière qui croupissent avec deux soupes par semaine, mais qui vivent, malgré tout, dans ces ruelles où ils se donnent rendez-vous depuis des années et où « ils arrivent [...] à avoir l'impression d'être un peu chez eux ; si loin de leur ciel, de leur soleil, de leur bled. De tout ce qui constitue leur patrie ». Pour eux, en plein cœur de la crise, le café des compatriotes est la survie. « Contrairement à l'idée que se font les Lyonnais, les cafetiers indigènes sont des gens honnêtes et accueillants. Ils sont même, qualité rare de nos jours, charitables. C'est chez eux que j'ai vu en quelque sorte un miracle... Celui de ces hommes, chassés vers l'aventure par la misère tenace, de ces fellahs arrachés par la faim à leur terre et à leur soleil, à leur casbah et à leur famille, et qui, déçus, meurtris, sans travail et sans secours, reçoivent pour vivre honnêtement et dans le respect des lois... deux bons de soupe par semaine[47] ! »

Dans les cafés d'immigrés de la place du Pont et de la Part-Dieu, la solidarité individuelle, villageoise, nationale, en temps de crise, est une issue de secours appréciable, notamment pour ceux qui n'ont même plus les moyens de rentrer au pays. L'individu y retrouve une existence collective, avec ceux qui partagent son histoire et pour qui il compte. C'est du reste dans ces cafés que vont se développer les foyers de nationalisme algérien. Victimes de discriminations de tous ordres, les indigènes algériens se réfugient dans ces lieux pour parler, partager leurs expériences. La police surveillera de très près ces lieux de « subversion ». Des pressions seront exercées sur les propriétaires pour les contraindre à « collaborer » avec les autorités.

On doit encore à un article de *La Voix du peuple* une description détaillée d'un des cafés de la rue Sévigné en 1937, titré

---

47. *La Voix du peuple*, n° 215, 15 janvier 1937.

« Sans un sou, ils [les Algériens] “attendent” dans les débits du vieux quartier Moncey[48] » :

> Rien ne signale ce café au regard des consommateurs. C'est une devanture à la peinture effacée, aux vitres incolores vaguement dépolies. À l'entrée, une odeur fade vous monte aux narines. Sur un petit plot, un homme s'escrime du couteau et du tranchoir sur un morceau de viande. Un morceau de poitrine de mouton, semble-t-il. Au-dessus du plot, à un crochet de charasson, pend un demi-mouton, viande égorgée selon le rite du Coran. Certes, on pourra dire que toutes les garanties d'hygiène ne sont pas totalement réunies dans ce genre de débit, mais, au-dessus de ces considérations terre à terre, le croyant place le respect de la loi coranique. Plafond bas, lourdes tables aux angles épais, bancs faits avec des planches grossières, le débit ne respire pas le luxe. Au fond, un trou à même la muraille sert de communication avec la cuisine... cela est sombre, silencieux et très « couleur locale ». Des dominos glissent des mains basanées sur la table grasse du fond. Les hommes qui sont là ne fument pas. Ils ne boivent pas. Ils ne mangent pas. Ils jouent simplement aux dominos en silence. On a l'impression qu'ils viennent de passer la nuit à même les planches de ces bancs et de ces tables.

Nous sommes à Lyon, à quelques centaines de mètres du cœur historique de la ville, mais l'ambiance décrite évoque un autre monde, un monde immobile, en suspens. Pourtant, ce n'est pas l'écho de la grande misère des travailleurs immigrés qui émeut le monde extérieur, ni les solidarités dont témoignent les étrangers les uns envers les autres...

Après le café, la rue. C'est le lieu public le plus fréquenté par le travailleur immigré célibataire, une alternative à l'exiguïté de la chambre. Historiquement, la place du Pont a toujours été un lieu où « le stationnement en plein air est comme de fondation ». En 1932 dans *La Vie lyonnaise*[49], Petrus Sambardier détaillait les raisons pour lesquelles il y avait toujours des gens, dont les « Orientaux » en stationnement à cet endroit. C'est

48. *La Voix du peuple*, n° 215, 15 janvier 1937.
49. « Le Forum de la Guille », *in La Vie lyonnaise, op. cit.*, p. 11 et 12.

l'époque où la place du Pont commence à subir des projets de rénovation, mais où y subsiste encore une « allure populaire, bon enfant et cosmopolite ». Déjà, les motivations politiques sous-jacentes aux opérations urbanistiques n'échappaient pas à l'auteur : « Il est probable que la place, agrandie sur un quartier Moncey bientôt embourgeoisé, ne gardera pas longtemps cette physionomie qu'elle avait encore très marquée, il y a quinze ou vingt ans. » Sambardier écrit que le stationnement en groupe est le propre de cette place, pratique initiée depuis longtemps par des populations diverses de Lyonnais, d'Auvergnats, de Dauphinois, d'Algériens et de Proche-Orientaux. Au milieu de la place, il y avait un candélabre à cinq becs, entouré d'un refuge circulaire. C'est là que se tenaient les hommes qui attendaient de voir passer le temps... de toute façon, il y avait toujours quelque chose à voir, place du Pont. Par exemple, vers le cours Gambetta, devant le « pied humide », s'est tenu pendant longtemps un lutteur qui amusait la foule[50]...

En fait, les activités économiques ou artisanales qui s'étaient développées dans le secteur expliquent pourquoi la place est devenue un lieu où l'on reste debout. En face de la mairie, devant le café, s'est tenu longtemps le marché aux grains. De l'autre côté, au débouché de la rue Marignan, il y avait le stationnement pour l'embauche des compagnons de la bâtisse. En pénétrant rue Moncey, on trouvait le marché aux groles. Entre le cours Gambetta et le cours de la Liberté, « les trottoirs étaient garnis d'Arabes en burnou sale qui vendaient au verre ou à la poignée des dattes grasses dans leurs paniers en lambeaux... Le Proche-Orient était représenté par des Arméniens qui vendaient des racines dont le simple contact guérissait le mal de dents, et qui pouvaient aussi amollir et dissiper les cors aux pieds. Il y avait des dentistes à la poitrine couverte de médailles. Les Grecs

50. « Là trônait, en présence d'un canon de rouge, le lutteur Cattin, entouré d'une magnifique cour d'admirateurs. Il était d'un appétit magnifique, et son appétit était parfois son moyen d'existence, car c'était une distraction des soirs de paye d'offrir à Cattin, pour le plaisir de le voir manger, des paquets de couenne à discrétion. Il allait jusqu'à trente-six paquets, pourvu qu'on lui offrît un nombre égal de canons. »

vendaient des cacahuètes, un commissionnaire avait sa banquette à cirer les souliers devant la pharmacie Boissonnet et, souvent, le tramway était arrêté au milieu de la place par le rassemblement formé autour d'un marchand de chansons ». Cette ambiance brouillonne, ambiance de foire, qui rappelle Istanbul, Le Caire et Naples, ravive le souvenir de la formation du premier pont de la Guillotière, au XIIe siècle, signe de la tradition séculaire de la place ronde. C'est une place de village, sans cesse animée, vivante, colorée, où l'on peut entendre parler le plus de langues et où l'on rencontre le plus de professions. Elle a inspiré à Petrus Sambardier, il y a plus de soixante ans, cette belle phrase : « À cent mètres de là, rue Sévigné, devant les boutiques obscures où l'on entrevoit les Algériens jouant paisiblement aux cartes, circulent et stationnent, le nez au vent, les mains dans les poches, parlant argot ou sabir, tous les survivants de la tour de Babel : enfants de la Guille ou fils d'Afriques variées, camelots, manœuvres, mendiants, brocanteurs, que les crudités de l'éclairage électrique ont refoulé de la place du Pont, où leurs devanciers formaient, vingt-quatre heures de jour et de nuit, ce que l'on nommait "la garde des cinq becs"[51]. »

D'autres analyses ont également montré que les piétons, la station debout et la flânerie sont les principaux éléments d'animation des rues de la Guillotière[52]. Au début des années 90, l'architecte René Gagès, chargé d'une transformation radicale du quartier de la place du Pont, parlera de la « communauté maghrébine qui a retrouvé instinctivement la fonction centrale de l'espace Gabriel-Péri[53] ».

L'épicerie du coin. Dès le début, le café du quartier immigré fait office de miroir : il exhibe, bon gré mal gré, l'exotisme particulier du quartier. Avec le café, le petit commerce plante définitivement le décor de l'ethnicité et installe l'immigré dans

51. « Le Forum de la Guille », *art. cit.*
52. « La Grande-Rue de la Guillotière », *art. cit.*, p. 199.
53. HDI. Atelier d'architecture et d'urbanisme René Gagès. *ZAC du Centre Liberté Péri. Rapport de présentation*, Communauté urbaine de Lyon, ville de Lyon, juillet 1989, p. 3.

le lieu. Autour de la place du Pont, les métiers ont foisonné. L'alimentation-restauration-hébergement, bien sûr, mais également[54] la chaussure pour les Italiens, la casquette pour les Juifs polonais et les Russes, les tissus ou l'habillement pour les « israélites du Levant », la plâtrerie-peinture, les étameurs (italiens), encadreurs-vitreurs (suisses)... ont marqué le monde de l'artisanat lyonnais. À la Guillotière, les vitriers-friteurs suisses du Tessin, contraints à l'exil, étaient devenus ce qu'étaient les *pizzaioli* au début de leur installation à l'étranger. Ils avaient essentiellement une clientèle ouvrière qui venait, les samedis et dimanches, manger en famille pommes de terre et merlans frits. Mais comme il fallait bien faire vivre le personnel, dans la semaine, les serveurs devenaient poseurs de vitres... Les vitriers-friteurs sont devenus, comme les marchands de vin et charbon à Paris ou les *fish and chips* de la banlieue de Londres, le symbole lyonnais du petit commerce bon marché et ingénieux de la Guillotière[55].

Souvent, un regroupement d'habitants immigrés dans un territoire a suscité la création de leurs commerces. Dans notre quartier par exemple, rue Rabelais, où près du quart de la population est d'origine arménienne en 1931, la communauté a son épicier, son boucher et ses inévitables loueurs de garnis, mais aussi son horloger, son tailleur, son coiffeur[56]. Le brassage multiculturel du lieu a été renforcé par leur arrivée ; ils ouvrent une boutique ou une échoppe à la première occasion venue. Les Arméniens, qui n'étaient que 10 à se faire immatriculer en 1925 au registre du commerce de Lyon, sont 62 en 1929, 72 en 1930 et 94 en 1931. Place du Pont, ils sont nombreux, mais le quartier reste ouvert ; il n'y a pas d'exclusive : la forte implantation d'une communauté attire aussi des commerçants étrangers d'une autre nationalité, comme dans la rue Villeroy ;

54. Les Espagnols comptent les trois quarts de leurs effectifs dans cette rubrique.
55. Pierre Mérindol, « La Grande-Rue de la Guillotière », *Le Progrès*, 13 décembre 1979.
56. En 1950, rue Marignan se côtoyaient sur une centaine de mètres deux garnis, trois coiffeurs, un café, un restaurant arabe, une boucherie halal et quelques autres magasins d'alimentation, presque tous tenus par des originaires de Sétif, ville de forte émigration de l'Est algérien.

à côté des paveurs et tailleurs de pierre italiens, des manœuvres espagnols et des chauffeurs de taxi russes, on notait dans les années 30 la présence d'épiciers, de restaurateurs, de boulangers italiens ou espagnols, d'une modiste, de plusieurs chausseurs juifs polonais, d'une loueuse de garnis bulgare, d'un marchand de laine suisse... La place du Pont, alors, est un quartier cosmopolite. L'atmosphère que les étrangers déjà installés y font régner exerce une attirance sur d'autres étrangers. On est « entre nous ». La progression des commerçants originaires de l'Europe de l'Est - des Russes, des Juifs polonais, des Roumains - est significative : ils sont 60 en 1925 et 107 en 1930[57]. Les « Méditerranéens » forment l'écrasante majorité des commerçants étrangers de la place du Pont. Ils ont importé avec eux une façon de faire, de vendre, de présenter les produits, de servir les clients... bref, une autre conception du petit commerce. Ces bouleversements ont fait naître des jalousies et des haines féroces contre eux.

Racisme et guerre des prix. Sur la place du Pont, la présence des hommes d'un autre temps, d'une autre culture, affichant leur folklore et leur mode de vie irritait déjà les Lyonnais, mais les années 30 ont marqué une étape décisive pour le quartier, celle de la levée de boucliers des commerçants autochtones contre le commerce étranger. En 1931, 573 étrangers sont recensés dans la rue Moncey, qui compte au total 1 620 habitants. C'est beaucoup, mais ils ne forment pas la majorité. Bien que des journalistes de la presse locale tentent de dénoncer les préjugés injustes à l'encontre d'un quartier tranquille et paisible où... « on ne mange personne[58] », la visibilité des étrangers commence à servir d'argument aux discours racistes. La guerre des prix est déclarée en même temps que l'ouverture sur la place du Pont du grand Prisunic, en 1932[59]. La concurrence

57. *Étude des petits commerçants étrangers dans l'agglomération lyonnaise entre 1919 et 1939, op. cit.*, p. 17.
58. *La Voix du peuple, n° cit.*
59. « Cette obsession de la concurrence et de la menace de ruine qui s'est installée dans leur

économique aiguise les sentiments nationalistes des commerçants français du quartier qui s'estiment les premiers floués par l'« invasion ». Ils se regroupent, créent un Comité de défense des intérêts du quartier de la rue Moncey et publient un journal, *La Guille*, où s'étalent les déclarations racistes et de sinistres « histoires juives » dans le décor de la rue Moncey, où sont installés des commerçants juifs orientaux. Geneviève Massard-Guilbaud y a trouvé ce passage intitulé « Épuration » : « Nous recevons souvent [...] les doléances des habitants des rues Moncey, Marignan, Villeroy, cours de la Liberté... concernant des faits immoraux se passant dans les rues précitées et qui font de ce quartier un véritable "quartier réservé"... Dans quelques-unes de ces rues, les passants sont continuellement en butte aux sollicitations des filles soumises, tandis que dans d'autres retentissent jour et nuit les vociférations et hurlements divers poussés par une pègre composée en majeure partie d'Algériens sans profession bien définie, si ce n'est celle connue par la police sous le nom de vagabondage spécial. Il va sans dire que ce triste état de choses nuit beaucoup à la bonne renommée de notre quartier, et que, lorsqu'on parle de la "Guille" à un Vaisois ou à un Croix-Roussien, la première image qui lui vient à l'esprit est celle d'un souteneur, d'une fille soumise ou d'un "sidi"[60]. » Quel rapport entre la prostitution et le commerce ? En réalité, si la prostitution, l'insécurité, l'immigration refont surface dans l'acte d'accusation des commerçants, c'est pour mieux se débarrasser de la concurrence des commerçants juifs orientaux qui les met en danger. Les étrangers sont des nuisances sociales, voilà ce qu'il fallait démontrer. Peu importe leur pourcentage réel par rapport à la population : on ne se plaignait guère de leurs commerces en 1931 alors qu'ils participaient pour plus de 16 % au mouvement du registre du commerce, mais leur présence devint intolérable en 1936 alors qu'ils y figuraient pour

esprit en même temps que le magasin à prix uniques s'installa dans leur village ou leur quartier », Roger Picard, *in Revue politique et parlementaire*, mars 1939, p. 436-451 (cité par J.-Ch. Bonnet).

60. *Des Algériens à Lyon, op. cit.*

moins de 10 %[61]. Le racisme a ses raisons que les statistiques ignorent...

Comme les commerçants, les artisans autochtones étaient nombreux à dénoncer, à l'instar de la chambre des métiers du Rhône, « les firmes étrangères qui veulent introduire le gigantisme en France pour que la masse du peuple soit plongée dans un état de paupérisme tel qu'elle ne puisse plus acheter des produits faits par les Artisans[62]... ». Or, la peur des « gros qui veulent dévorer les petits » se mêlait à celle des « métèques qui viennent manger le pain des Français » et dont on avait vite fait de dire qu'ils étaient souvent « plutôt des carambouilleurs que des commerçants[63] ». Le stéréotype est classique, mais tenace : le 9 août 1935 est publié un décret-loi créant une carte d'identité d'artisan étranger et limitant le nombre d'étrangers dans l'artisanat.

Cette levée de boucliers n'a pas empêché le développement des commerces étrangers qui ont fait l'âme de la place du Pont. En 1938 s'installe en plein cœur du quartier la boutique arménienne de Bahadourian ; elle reste encore aujourd'hui le pivot de l'activité commerciale de tout le secteur.

Après la Seconde Guerre mondiale, l'activité du commerce de détail du quartier va baisser. Le nombre des fonds de commerce passe de 619 à 371 entre 1947 et 1985 dans les rues Montesquieu, de Marseille, Villeroy, Moncey, sur le cours de la Liberté et avenue de Saxe-avenue Jean-Jaurès. Mais les étrangers maintiennent leur présence : ils possèdent 99 boutiques en 1947 (soit 16 %), 169 en 1985 (soit 49 %)[64].

Dans les années 60, l'implantation des Juifs du Maroc et d'Algérie et des Maghrébins a été déterminante. Les premiers

61. *Étude des petits commerçants..., op. cit.*, p. 25.
62. Dixième assemblée plénière de la chambre des métiers du Rhône, 19 avril 1936.
63. L'expression est du député de Tastes, cité par J.-Ch. Bonnet, p. 26.
64. « Permanences et mutations dans le commerce ethnique à Lyon : l'exemple du quartier de la place du Pont », 1987. Les résultats de cette étude sont repris dans un article, « Formes et pratiques du commerce ethnique autour de la place du Pont », Michel Rautenberg, p. 109-123.

ont investi dans la confection[65] et la bijouterie, les seconds dans les commerces alimentaires, les bazars, les produits de toilette, les hôtels-cafés-restaurants. Si les Algériens sont majoritaires dans la boucherie, les Tunisiens occupent surtout les pâtisseries et les Marocains les bazars, sortes de boutiques trouve-tout où sont accumulés ventilateurs, tapis, objets en métal ou en plastique, tissus, chaussures, matériels de cuisine, produits alimentaires, esthétiques, sacs de cuir[66]...

Dans les années 60-70, la place est devenue un haut lieu de l'approvisionnement de la communauté maghrébine, celle de France comme celle des pays du Maghreb, en particulier des Algériens. Les secteurs des tissus et de la bijouterie ont pris une dimension internationale et ont fait de la place du Pont un centre de commerce dominé par les Juifs, les Maghrébins et la famille Bahadourian. En 1987, une enquête universitaire dénombrait 430 commerces dont 85 appartiennent à des Maghrébins, soit 20 % du total : 56 aux Algériens, 20 aux Tunisiens, et 9 aux Marocains ; 72 appartiennent à des Juifs ashkénazes. Tous ces commerçants évaluaient à plus de 50 % la part des clients maghrébins dans leur chiffre d'affaires[67].

Principales clientes de ce commerce de détail, les familles maghrébines viennent souvent des banlieues de Lyon. Une enquête menée en 1984 dans la ZUP de Vaulx-en-Velin nous avait enseigné que ce lieu était plutôt réservé aux hommes et que les femmes, lorsqu'elles s'y rendaient, étaient toujours accompagnées d'un de leurs fils[68]. L'intonation avec laquelle est évoqué le nom de la place du Pont révèle parfois la mauvaise image qu'elles en ont : « La place du Pont ? J'aime pas la place du Pont... J'y vais une fois par an quand je rentre en Algérie... c'est

65. À la différence des Maghrébins, pour les commerçants juifs les boutiques de la place du Pont ne sont qu'une étape qui prépare à l'installation dans la presqu'île lyonnaise... cf. Rautenberg, *art. cit.*, p. 119.
66. A. Belbahri, *Réseaux sociaux et stratégies d'implantation commerciale des Marocains autour de la place du Pont à Lyon*, *op. cit.*
67. Jacques Defossé, *Le Rôle des structures commerciales dans la formation d'un quartier à dominante immigrée entre la place Gabriel-Péri et la Part-Dieu*, université Lyon-II, 1987.
68. Azouz Begag, *L'Immigré et sa ville*, Presses universitaires de Lyon, Lyon, 1985.

tout. Qu'est-ce que j'irais faire là-bas ? Acheter quoi ? du tissu ? » (une mère de sept enfants). La place, pour celles des familles immigrées qui cherchent à se démarquer de leur communauté d'origine, fait figure de « place du pauvre », lieu d'achat de ceux qui n'ont pas les moyens. C'est aujourd'hui toujours le cas.

« La place du Pont ? Ce n'est pas pour moi... je n'aime pas cet endroit » (une Algérienne, mère de six enfants).

« La place du Pont ?... Avant, oui, les enfants m'y emmenaient pour faire des courses, mais toute seule, j'y vais pas... qu'est-ce que j'irais faire là-bas ? » (une mère, Mas du Taureau).

« Moi, je vais chercher le couscous chez le Tunisien à Croix-Luizet... et à la place du Pont pour chercher de la viande et de la semoule... avec mon fils, en voiture » (une mère).

« La place du Pont, je n'y vais jamais, mais mon mari y va pour acheter de la viande » (une mère).

« La place du Pont, moi j'y vais jamais. Pourquoi j'irais là-bas ? L'homme y va, pas moi » (une mère).

La place du Pont est donc connotée dans les familles maghrébines comme un territoire masculin ; on sait que ce sont plutôt les hommes qui vont là-bas pour se retrouver. On s'y rend lorsqu'on a quelque chose de précis à acheter, généralement de la viande et de la semoule, à l'occasion d'un départ en Algérie ou les soirs de ramadan, mais aussi pour flâner-acheter. « La place du Pont, oui j'y vais... de temps en temps... pas tous les samedis... Là-bas on trouve des choses qu'on ne trouve pas ailleurs... des tissus pour nos femmes, nos gosses... On peut s'arranger pour les prix avec les commerçants... On achète chez des compatriotes, c'est bien... Dans les grands magasins, le prix c'est le prix... » (un père de famille).

On n'achète pas seulement chez les « compatriotes », puisque dans certaines boutiques de prêt-à-porter ou des bijouteries tenues par des Juifs, la quasi-totalité des clients est formée par des jeunes d'origine maghrébine des quartiers périphériques. La possibilité de discuter le prix, généralement pas excessif, et l'ambiance recréée du pays d'origine (quelques mots arabes échangés, des blagues, avec l'accent du bled, des facilités accordées pour les retouches, les échanges...) expliquent cet engouement. Ici, ce n'est pas comme dans les autre magasins où « le prix c'est le prix ». Les rapports sont chaleureux.

Les fins de semaine et pendant les vacances, la clientèle peut aussi venir de très loin, de Saint-Étienne, Grenoble, Valence, Mâcon... car la place a une vocation interrégionale. La proximité de l'aéroport de Satolas est également un atout appréciable : en partance ou en provenance des pays du Maghreb, les travailleurs immigrés et leurs familles y font escale pour faire le plein de tissus, de produits alimentaires, d'or, de cassettes... La clientèle des touristes algériens appelés aussi « touristes américains » a été l'un des facteurs les plus importants du développement de l'activité commerciale, mais cette époque est révolue. Il reste les mariages dans la communauté maghrébine, qui sont des occasions de grande fréquentation de la place du Pont. C'est ici que les mères des deux futurs époux se font conduire par les fils dans les boutiques pour y acheter avec eux des tissus pour les robes, un costume pour le mari, une robe de mariée, des bijoux en or, surtout des bracelets, des quintaux de semoule pour la fabrication du couscous, des épices, des raisins secs, des cacahuètes, des pistaches, des pois chiches, du henné[69]...

Cependant, depuis une dizaine d'années, la crise algérienne, le chômage en France, l'accroissement du sentiment d'insécurité urbaine, les problèmes de délinquance et de drogue, le racisme et la visibilisation sociale des Maghrébins, etc. ont nettement détérioré le dynamisme de la place et sa légitimité dans les plans d'urbanisme de la municipalité. Vers la fin des années 70, déjà, la grande question était de savoir si la station de métro Guillotière-Jean-Jaurès allait redonner un peu de vie au quartier, dont on convenait qu'il avait perdu, avec les démolitions, beaucoup de son caractère et de sa vie[70]. Déjà, la

69. M. Rautenberg, *art. cit.*, p. 116.
70. Pierre Mérindol, *in Le Progrès de Lyon*, 13 décembre 1979.

place du Pont était prise dans un ensemble de perspectives défavorables. Coincée entre les façades d'immeubles bourgeois des grandes avenues voisines, proche de la préfecture du Rhône, évoquant trop l'Afrique du Nord face aux nouveaux repères européens lyonnais, située à une quinzaine de minutes à pied de la place Bellecour et de la Part-Dieu, au cœur du réseau de transport avec le métro et une dizaine de lignes de bus la traversant, elle est destinée à une radicale transformation. Les aménageurs nourrissaient l'ambition de faire de cette place de stationnement un lieu de « fluidité », comme en témoigne cet article d'un journal local du 7 juillet 1959, au titre révélateur :

> La place Gabriel-Péri gagne du terrain sur les sordides immeubles de la rue Moncey : depuis belle lurette, elle a perdu la sombre réputation que lui valurent, jadis, les exploits d'une population assez spéciale. Les mauvais garçons à rouflaquettes et casquette à étages appartiendront à un folklore quasi oublié. L'autre guerre, en favorisant des immigrations massives dans les parages, avait contribué déjà à modifier l'aspect d'un quartier qui se transforma rapidement en médina. Puis les plans d'urbanisme firent luire à l'imagination des habitants autochtones des espoirs d'assainissement. Le comité d'intérêt local de la rue Moncey fit, à cet égard, preuve de persévérance et d'énergie. La rue Moncey, si sympathiquement lyonnaise par ses magasins avenants, rêva de devenir un jour la grande voie de liaison entre les Brotteaux et la Guillotière[71].

En réalité, ce n'est pas tant la liaison Brotteaux-Guillotière qui va se trouver au centre des débats urbanistiques, mais celle qui relie le centre de la presqu'île de Lyon à celui de la Part-Dieu. C'est le temps de la reconquête.

---

71. *L'Écho.*

La reconquête

« La vie du quartier, chère aux résidents, est menacée par cette évolution qui tend à le faire apparaître comme un espace ghetto, alors qu'il ne fonctionnait pas jusqu'ici sur ce mode, malgré la perception d'une partie de la population lyonnaise qui le désigne comme tel[72]*. »*

Durant la première moitié du XXe siècle, le quadrilatère compris entre le cours de la Liberté, l'avenue de Saxe, la rue Paul-Bert et la rue Chaponnay va être victime de la « malédiction des alignements », pour reprendre les termes de l'historien lyonnais Raymond Curtet. Les immeubles frappés d'alignement vont rester des années durant sans entretien, différents projets d'urbanisme les ayant promis à démolition. Leurs propriétaires attendent et laissent faire. Les immeubles pourrissent lentement. La pression monte, tandis qu'est annoncée l'arrivée de la ligne D du métro dont une des stations est prévue sur la place. Dernier des quartiers populaires n'ayant pas encore fait l'objet de transformations urbanistiques (après les pentes de la Croix-Rousse et de Vaise), la médina de Lyon va connaître à son tour les procédures de ZAC, zone d'aménagement concerté, d'OPAH, opération programmée d'amélioration de l'habitat, de

72. Plan de référence de la Guillotière, 1982, p. 133.

réhabilitations diverses... Le chantier de reconquête entre au début des années 80 dans une phase décisive.

Pourrissement. Les années 80 vont marquer une rupture. Le pourrissement des logements des rues de Turenne, Marignan, de l'Épée... cristallise les débats. Le 14 novembre 1982, dans l'immeuble du 12, rue de l'Épée, l'escalier s'est effondré, provoquant l'affolement général des habitants ; les pompiers ont dû les évacuer par les fenêtres[73]. Le détail des conditions de vie des immigrés dans ces immeubles suscite alors un intérêt médiatique. Dans l'immeuble en question, on compte trente-deux logements dont seize d'une seule pièce, treize d'une pièce plus cuisine et cinq avec deux pièces plus cuisine. Trois logements n'ont pas d'eau, un autre n'a ni eau ni électricité. Dans sept logements, l'électricité est au nom du propriétaire, un seul logement a une baignoire. Les habitants sont en majorité d'origine étrangère. Cinq familles totalisent vingt-sept personnes dont dix-sept enfants. Trente-huit autres personnes, en majorité des hommes, vivent seuls ou à deux. Ici, les immigrés subissent des conditions d'inconfort et d'insécurité chroniques : les planchers s'effondrent, les murs pleins de trous suintent d'humidité, les plâtres des plafonds tombent, les fenêtres ne ferment jamais, les installations électriques découvrent des fils dénudés... heureusement, personne n'a le gaz de ville. Après l'accident, Simone André, adjointe à la mairie, s'insurge : « Je suis atterrée que des familles puissent vivre dans de tels taudis. Le montant des loyers est scandaleux pour des pièces qui ne constituent en rien un véritable logement[74]. » Sollicités pour régler les problèmes d'entretien de l'immeuble, les propriétaires ne se sont pas manifestés. S'est alors posé le problème du relogement des familles : deux réunions sont organisées par l'adjointe au maire. Aucune famille immigrée ne s'est déplacée, malgré les convocations par écrit glissées dans les boîtes aux lettres de chacune

73. « Il y a sûrement quelque chose à faire », *in La Tribune-Le Progrès*, 5 décembre 1983.
74. *Ibid.*

d'elles. De l'avis même de l'adjointe, « ... les locataires ont craint de se retrouver à la rue, d'autant plus qu'il arrive souvent que le propriétaire soit en même temps l'employeur ». Peur de perdre son logement, peur de perdre son emploi.

Un an après l'accident, les locataires s'organisent et improvisent deux journées portes ouvertes dans leurs appartements, pour montrer au public les dégâts produits par des pluies torrentielles. On s'interroge : qui va payer les réparations ? Faut-il rénover ou détruire ? Le responsable du syndic des propriétaires veut vendre l'immeuble à la ville de Lyon, puis, devant l'ampleur des difficultés, affirme à la presse vouloir se dessaisir du dossier...

Parallèlement, la Société d'équipement du Rhône et de Lyon, la SERL, mène des actions de réhabilitation ponctuelles sur le quartier. Elle restaure deux immeubles. Puis un plan de référence de la Guillotière est mis au point. Il doit mettre en route une intervention d'envergure sur le quartier, en élargissant notamment le plan d'occupation des sols. Parmi les secteurs entrant dans l'étude, celui de Moncey et de la place du Pont (appelé Gabriel-Péri) fait état d'un bilan global très défavorable[75] : faiblesse du niveau de revenu des habitants, marginalisation, rejets et conflits liés à la présence des immigrés maghrébins, manque d'entretien du bâti et trop forte densité du secteur[76]... L'agence d'urbanisme de la Communauté urbaine de Lyon, en charge de la réalisation, fera des propositions d'aménagement ; mais déjà l'aspect de la place du Pont et de la rue de Turenne, en particulier, gêne les projets de réhabilitation. Les propositions feront néanmoins leur chemin.

En 1985, les autorités lancent une opération de restauration-rénovation dans le quartier Guillotière-Moncey, avec des consignes : « préserver et améliorer le patrimoine existant et

75. Pour le détail de cette analyse, nous nous sommes largement appuyés sur l'excellent travail de Gilles Bentayou, *Discours de l'aménageur et production symbolique de l'espace. La place du Pont à Lyon ou la « Chronique d'une rénovation annoncée »*, mémoire de DEA, université Lyon-II, faculté de géographie, ENTPE, laboratoire ASTER, 28 septembre 1994.
76. *Ibid.*, p. 24.

revitaliser le quartier ». Deux ans plus tard, après adoption du projet par le conseil municipal, la transformation du secteur Moncey peut commencer. Camouflée derrière une mutation d'ensemble de la Guillotière, elle va viser à un renouvellement de population « en créant des conditions favorables à la venue de nouveaux ménages ». Elle se déroulera de la fin 1987 à 1990. 233 logements seront réalisés, dont 45 % conventionnés. Les acquisitions d'immeubles nécessaires à la réalisation du parc Villeroy se poursuivront. En analysant les discours des aménageurs, Bentayou aboutit à un constat intéressant : « ... *souvent vétuste et insalubre* est devenu un qualificatif généralisé à l'ensemble du parc de logements, et devient le facteur clé par lequel s'établit la concordance entre l'état physique du bâti et l'état "social" de la population qu'il abrite[77] ».

L'état social du quartier crée des tensions. En mai 1985, la presse locale rend compte d'un débat sur « l'overdose de l'insécurité à la place Gabriel-Péri[78] ». La drogue est au centre des inquiétudes des habitants du quartier. On évoque les vendeurs de haschisch, d'héroïne, d'opium, qui, chaque après-midi, installés parfois sur un tabouret rue de Turenne ou Marignan, vendent leur marchandise. Apparemment, les policiers n'interviennent pas sur ces « fourmis », préférant miser sur le démantèlement des réseaux par le haut. Des familles maghrébines font la chasse aux dealers de drogues dures. C'est le grand déballage : outre la drogue, on évoque également les marchandises d'origine douteuse qui circulent place du Pont, et les infractions commises contre les voitures aux abords de la place. Les riverains et les commerçants fustigent l'inefficacité de la police. Les plus grands excités « réclament de grandes rafles et le nettoyage des Maghrébins », d'autres développent la thèse des équilibres sociologiques rompus. Le vote Front national est brandi par certains habitants comme le recours ultime pour une politique d'assainissement radical.

77. *Op. cit.*, p. 29.
78. *Journal Rhône-Alpes*, 25 mai 1985.

La vocation urbaine de la place. C'est le début de la *grande opération*, marquée par un personnage de premier plan qui va activer la transformation de la physionomie du quartier, Simone André, adjointe à la mairie de Lyon, déléguée aux affaires sociales. En avril 1986, elle trouve une formule à forte valeur symbolique pour justifier la démolition des vieux immeubles et l'implantation en plein cœur de la médina d'un espace vert, le parc Villeroy : « Puisque nous aurons dans deux ou trois ans [1988-1989] un poumon vert à Villeroy, nous pourrons rendre cette place à sa vocation urbaine[79]. » Formulation ajustée pour une politique urbaine qui veut reconquérir un lieu et le restituer, le redonner à sa vocation urbaine, à la fluidité. Le parc doit permettre « d'aérer le tissu urbain[80] ». La vocation rappelle ici l'invocation d'une destinée naturelle, d'un héritage, toujours présent, du passé[81]. S'agit-il de rendre à l'histoire légitime ce qui aurait été spolié par le présent marqué par les immigrations récentes ?

En effet, les années 80 voient ainsi se mettre en place une politique urbaine franche qui déclare la guerre aux taudis, à l'insalubrité du quartier, à son étrangeté dérangeante, à son exotisme trop visible, à son enclavement. Plan d'assainissement, en effet. Le 8 décembre 1986, lors d'une séance du conseil municipal, un conseiller tient à faire part bruyamment, à propos de la place du Pont et des alentours, de « ses observations sur les problèmes quotidiens de ce quartier au point de vue sécurité et hygiène... car il devient épouvantable. Quand on y passe en voiture, les amoncellements de détritus arrivent même à cacher les feux rouges[82] ». Ce même conseiller interpellera plus tard Simone André en l'accusant d'avoir laissé se créer le marché de la drogue dans ce quartier devenu « la honte de Lyon et du IIIe arrondissement ».

---

79. « Une Étoile pour Gabriel-Péri », *Lyon-Matin*, 14 avril 1986.
80. Conseil municipal du 7 décembre 1986, cité par Bentayou, *op. cit.*, p. 26.
81. *Ibid.*
82. Cité par Bentayou, p. 57.

À l'opposé de cette vision, l'image forte d'un parc de verdure en plein cœur du quartier immigré de Lyon ressemble à une « politique écologique » antipollution. Ce n'est pas nouveau ; depuis longtemps une terminologie agressive a servi à définir les projets pour le quartier de la place : la *percée* Moncey-Marignan est une idée qui a creusé son chemin.

En décembre 1986, une étude confiée à la SERL par les mairies des VIIe et IIIe arrondissements de Lyon aboutit à un *projet de quartier*, l'OPAH Moncey-Pasteur, prévue de 1989 à 1991. Elle souligne la vétusté, l'insalubrité, l'homogénéité de la population et la faiblesse de son niveau de vie. Malgré quelques exceptions (rue de Turenne), dans l'ensemble « tout est à faire, extérieur comme intérieur[83] ». Une enquête sociale a par ailleurs révélé l'attachement d'une large majorité d'habitants à leur quartier.

Le 15 mars 1987, le *Bulletin municipal officiel* de Lyon présente un *projet de réorganisation du nord de la place du Pont* : un parking et un jet d'eau (symbole de fluidité !) doivent faire partie du nouveau décor. La fontaine a une fonction dissuasive précise : aménagée au milieu de galets et d'arbustes, elle doit empêcher les hommes maghrébins (les badauds) de rester debout et s'approprier ainsi les lieux. Pour rendre la place à sa vocation urbaine, il faut chasser les anciens « coloniaux ». On sèmera des galets sur le sol. Côté médias, on trouve parfois un soutien pour accréditer la thèse de l'urbanisme de la reconquête. Le journal *Lyon-Matin* titrait quelques mois auparavant à propos de la place du Pont : « Réaménagement sur fond d'insécurité ». Le projet d'un petit jet d'eau et d'une station de métro entourée de bistrots donne à l'auteur l'occasion de comparer la place du Pont à son homologue de la place Pigalle à Paris... « Les activités qu'elle abrite n'ont rien à envier à celles qui font la réputation du quartier chaud de la capitale. »

---

83. Conférence de Raymond Curtet, « La place du Pont. Les avatars d'un projet d'urbanisme depuis le XIXe siècle », à la salle Élysée, le 18 février 1992, p. 10.

Bye-bye Prisu. Le magasin Prisunic, ouvert en 1932, sur le site de la grande brasserie Charroin, occupe alors 120 personnes lorsqu'il est racheté par une société gérante des grandes surfaces du Grand Bazar de Lyon. Les déboires économiques de ce grand magasin ont servi d'accélérateur aux opérations urbanistiques de la place du Pont. L'évolution de la population du quartier, « la forte présence d'une majorité d'origine maghrébine parmi la clientèle... qui ferait fuir la clientèle », le climat d'insécurité, mais aussi le surdimensionnement du magasin par rapport à son chiffre d'affaires sont présentés comme les causes de l'accumulation de pertes : 250 000 francs en 1986 ; 570 000 francs en 1987 ; 800 000 prévus en 1988[84]. Les trois quarts du personnel sont licenciés. Les chances de redressement sont jugées vaines. En juin 1988, le terrain est vendu à la société Hexagone Développement immobilier (HDI) du groupe Quillery. Le 27 août 1988 est un jour marquant pour le quartier : le Prisunic ferme ses portes. La place du Pont ouvre les siennes à un avenir international, tourné plutôt vers l'Europe. Un quotidien local annonce que le site « est promu à un avenir brillant ». Le plan d'amélioration de l'habitat avait prévu des opérations de restauration-rénovation d'immeubles, la réalisation du parc Villeroy, l'aménagement de la place du Pont, un grand parking, la réfection des espaces publics, pour une *transformation réelle*. Son déroulement sera interrompu en 1990 avec l'annonce du projet du CLIP et de l'axe Moncey.

Le CLIP ou le projet importé

La Communauté urbaine de Lyon (COURLY) et la ville de Lyon ont décidé de saisir « l'opportunité » de la cessation d'activité du Prisunic pour engager la restructuration globale du quartier. Des réserves sont émises quant à la spontanéité de la revente de Prisunic à HDI : cette opération serait en effet « la

84. Daniel Licht, « Place Gabriel-Péri : et hop Prisunic ! », *in Lyon-Libération*, 11 août 1988.

conséquence » de la volonté municipale de passer à la vitesse supérieure dans la rénovation du quartier[85]. De là à penser que... Néanmoins, la société HDI se voit proposer d'élargir le périmètre de son projet. Le 30 novembre 1988 elle présente à la municipalité un projet de ZAC conventionnée. Tout y est. Le 13 février 1989, le conseil municipal adopte le projet. Dans quelques mois, les élections municipales auront lieu.

Le cabinet d'architecture et d'urbanisme René Gagès[86] est chargé de concevoir le projet du CLIP. Les Lyonnais se choisissent un nouveau maire : Michel Noir. Si la ZAC du CLIP fait désormais partie des projets à poursuivre de la nouvelle municipalité, les embûches ne vont jamais cesser. Un commissaire-enquêteur chargé de l'enquête publique émet un avis défavorable[87] ; le CLIP doit entrer dans un « programme global » qui lui fait défaut. Trois mois plus tard, l'opération axe Moncey est accolée au projet CLIP. Elle prévoit de faire de la rue Moncey un boulevard piéton, bordé de plantations.

Démolition, percée, aération. Lumière, beauté, circulation.

Le *parc* disparaît des plans. Il sera remplacé par un *espace* vert.

La nouvelle politique de rentre-dedans que symbolise la percée de l'axe Moncey semble faire table rase des options de développement social urbain, jugées sans doute insuffisantes pour une transformation radicale du secteur Moncey[88]. La perspective sera donnée par l'immeuble du CLIP, dont les habitants peuvent admirer la maquette au local de l'ALPIL[89] et de la SERL, installés au 11, rue de Turenne depuis la fin 1989 : ce sera « un monument signal dans la ville » : cent quatre-vingts mètres de développé au sol, quarante-cinq mètres de haut, une façade

85. *Lyon-Libération* du 11 août 1988.
86. Connu à Lyon pour la réalisation du centre d'échanges de Lyon-Perrache.
87. En octobre-novembre 1989.
88. Bentayou, *op. cit.*, p. 39.
89. Association lyonnaise pour l'insertion par le logement.

miroir[90]. L'architecte veut « proposer un nouveau repère dans l'agglomération », il veut voir plus haut, plus loin... pour répondre à la vocation urbaine des lieux, telle qu'entendue officiellement. D'un coût total de 100 millions de francs, réalisé dans le cadre d'une zone d'aménagement concertée, le projet a tenu d'emblée à faire du CLIP une tranche de ville, intégrant bureaux, commerces, résidences pour personnes âgées, logements et hôtels. La situation géographique de la place du Pont, à mi-chemin entre le centre traditionnel de la presqu'île de Lyon et celui de la Part-Dieu, assurait au projet toutes les promesses de réussite.

Un autre élément garantissait à la société HDI l'engagement des autorités publiques locales : le nouveau schéma directeur d'aménagement et d'urbanisme de l'agglomération lyonnaise, baptisé Lyon 2010. Publié à l'automne 1988, il présentait un projet d'agglomération qui suggérait à la ville les atouts pour devenir la métropole européenne que sa position géographique en Europe lui confère naturellement. Les décideurs entendaient pour cela renforcer les centres, mobiliser les moyens susceptibles de changer l'image et l'échelle de la ville. Le projet du CLIP tombe à point. Il scellera la complémentarité entre la presqu'île et la Part-Dieu, assurera la cohésion des trois centres lyonnais par sa position de centre des centres. La rue Moncey réalisera enfin la percée entre Bellecour et la Part-Dieu, gage de cette fluidité tant recherchée. Les deux grandes voies de circulation que sont le cours de la Liberté et le cours Gambetta seront reliées par l'immeuble-phare en arc de cercle, donnant ainsi une envergure de grande cité à la ville : « [...] Les avenues lyonnaises sont plutôt rares. Or, une grande cité se reconnaît aussi à ses grands axes de circulation. Il fallait donc trouver une solution architecturale qui marque cet espace urbain rare », justifie

90. Pour les détails du lancement de cette opération, voir le dossier de maîtrise de F. Lagarde, G. Santi et L. Denant-Boèmont, *Le Projet Centre Liberté Péri. La fin d'un quartier ?*, université Lyon-II, 1989.

l'architecte[91]. La place du Pont doit ainsi retrouver sa fonction historique de second rang dans la cité. Sa mutation ne pouvant se réaliser « que si le projet présente un impact significatif[92] », la vision de l'architecte séduit les autorités : elle décrit « un monument et fragment de ville », un « mur-miroir », un « monument signal ». À la presse locale, René Gagès déclare fin 1988 : « Être international, c'est savoir trouver son échelle[93]. » L'échelle sera en effet trouvée.

La multiplicité des fonctions prévues dans le programme, la création dans l'immeuble de locaux commerciaux de grand standing, l'arrivée de la ligne D du métro... ont pour mission de « stopper le processus d'évolution actuelle du quartier par l'apport d'emplois, d'activité et de locaux ». L'étude d'impact évoque à son tour le nécessaire « élargissement de la fréquentation du quartier[94] ». *Exit* la médina recroquevillée sur elle-même, aux ruelles crasseuses, malodorantes et obscures ! *Exit* le commerce ethnique et la concentration des Maghrébins. *Exit* l'invisibilité du quartier, source de tant de mystères et d'étrangeté. Le CLIP jettera la lumière sur les ruelles de l'ombre. Dans sa structure mur-miroir se refléteront les immeubles de pierre des cours de la Liberté et Gambetta, donnant ainsi l'illusion de la transparence et de l'unité architecturale. Ainsi, lorsque les vannes de la modernité, de l'hétérogénéité, de la fluidité, de la clarté, de la beauté... seront ouvertes, « la place du Pont aura retrouvé sa vocation d'ouverture du centre-ville sur l'est du fleuve », écrit un journaliste de *Lyon-Figaro*[95]. Erreur manifeste d'interprétation de l'histoire : la place n'avait jamais perdu cette fonction !

Morosités. Les commerçants ont en revanche la nostalgie des années heureuses. Beaucoup d'habitants sont partis. Le plan

91. Bruno Caussé, « La Fin du quartier historique des immigrés de Lyon », *in Le Monde* du 3 janvier 1989.
92. *Le projet CLIP, fin d'un quartier ?*, p. 31, citant l'étude d'impact, p. 33.
93. *Lyon-Libération*, 5 décembre 1988.
94. P. 32.
95. *Lyon-Figaro économique* du 10 juillet 1988.

de référence de 1982 mentionnait explicitement une densité du bâti très forte qui constituait une contrainte pour les interventions[96]. Résultat de la dédensification : officiellement, 1 400 personnes avaient quitté le quartier en 1989 et 2 500 autres devaient le faire dans les cinq années à venir, au rythme de 500 par an[97].

La morosité gagne le commerce ethnique, les affaires périclitent. Les travaux du métro, les retours des immigrés au pays, la crise en Algérie qui fait diminuer le nombre des touristes « américains », le chômage en France, le sentiment d'insécurité... nuisent à l'activité commerciale dans les rues de Turenne, Marignan, de l'Épée, Paul-Bert, Moncey, Villeroy... Dans un magasin de tissus de la rue Moncey, le patron, juif séfarade, affirme avoir perdu 90 % de son chiffre d'affaires ces dernières années. Un peu plus loin, le boucher algérien se souvient des soirées de ramadan où le magasin était tellement plein que les clients faisaient la queue jusque dans la rue, empêchant les voitures de circuler. « Il fallait que je sorte leur dire de faire la queue sur le trottoir. » Chez le pâtissier tunisien El-Ghoul, on se souvient de ces matins où l'on servait « cinq cents cafés et trois cents tartines beurrées » ! Au pied de l'immeuble du 11, rue de Turenne, un immense magasin de vêtements est fermé depuis des années. « Le propriétaire était un Algérien venu du bled qui a investi ici... il a tout laissé, il est parti. Rue de Turenne, justement, l'opticien, qui a ouvert sa boutique en 1951, n'a pas oublié les moments pénibles vécus pendant le temps des palissades. « Le quartier était sinistré. » Il est rassuré, à présent, car on lui a dit que dans le CLIP vont bientôt s'installer les services du nettoyage urbain de la Communauté urbaine de Lyon. « Ils vont nettoyer les rues du quartier deux fois par jour, maintenant. » La boulangère de la rue Moncey, arrivée dans le quartier en 1947, aujourd'hui à la retraite, a vendu son magasin

96. Plan de référence de la Guillotière, p. 140, cité par Bentayou, *op. cit.*, p. 30.
97. Bruno Caussé, *art. cit.*, propos de Simone André et Jean Flacher, maire UDF-PR du IIIe arrondissement de Lyon.

à un commerçant du textile. Elle se rappelle le bon temps où des clients de la rue de Marseille ou du cours de la Liberté venaient chez elle pour acheter du pain et des gâteaux. Même les employées du Prisunic qui fabriquaient du pain dans le grand magasin venaient se servir chez elle. « Le Prisunic amenait beaucoup de monde, beaucoup... » Elle date le début de la grande régression au début du percement du tracé de la ligne D du métro, vers la fin des années 80 ; ses clients ne pouvaient plus passer pour arriver jusqu'à son magasin. Du CLIP, elle ne sait pas grand-chose : « C'est habité, ce machin ? Qui y habite ? »

Le magasin Bahadourian est épargné par les restructurations. Le célèbre magasin de la rue Villeroy échappera aux démolitions. Au contraire, il restera sur place et triplera même sa superficie. La restructuration du quartier renchérira la valeur de son environnement commercial. Mais, pour la plupart des autres, le CLIP a construit un « mur de Berlin », comme nous le confiait un commerçant algérien de la rue Moncey. La façade du nouvel immeuble a aveuglé sa rue.

Le temps des palissades. La population de la place du Pont n'a pas laissé faire les aménageurs sans réagir. Dès 1989, la résistance au projet du CLIP s'organise[98]. Impulsé par des personnalités du quartier[99], le Comité espace libre dénonce l'exclusion des familles, la discrimination raciale et sociale, l'absurdité économique que représente la démolition d'immeubles tout justes réhabilités, la privation d'ensoleillement des espaces qui se trouveront à l'ombre du CLIP. On craint un enclavement aggravé du quartier qui se verra repoussé loin de la place par l'immeuble...

98. Jean-Louis Routhier et Jean-Marc Berthet, « À propos de la journée d'échanges du 11 juin 1993 : mémoires collectives et mutations urbaines », *in Mémoire de la Guillotière*, document réalisé par la commission de coordination des associations de la Guillotière-Part-Dieu. Maison pour tous, Lyon, janvier 1995.

99. Dont J.-L. Routhier, ingénieur chercheur, habitant du quartier, à qui nous devons de nombreuses informations concernant l'histoire du CLIP, ainsi que des photos.

Nous avions prévenu : ici, rien ne sera facile à élucider. Les contradictions entre les commerçants qui n'habitent pas le quartier et les habitants ne tardent pas à se faire sentir. D'autres divisions apparaissent entre les associations chargées de défendre les intérêts du quartier. Le Comité propose de travailler sur une meilleure intégration du quartier dans l'agglomération lyonnaise, de permettre aux habitants une meilleure appropriation de l'espace afin de leur redonner confiance. Les autorités municipales offrent des garanties sociales au projet : des promesses sont faites aux familles pour leur relogement.

Les partisans du projet se mobilisent à leur tour et lancent une pétition qui recueille un millier de signatures fin 1989[100]. Malgré les résistances, un permis de construire est délivré par la Communauté urbaine de Lyon en septembre 1990. Quelques semaines plus tard, du 9 au 31 octobre 1990, les habitants du quartier assistent, hébétés, aux premiers assauts des bulldozers contre le Prisunic, emblème historique du quartier.

Janvier 1991. Le chantier du CLIP peut commencer, mais les investisseurs potentiels traînent les pieds. En effet, la flambée immobilière qui a démarré en 1986 montre des signes de faiblesse, et, dès 1989, le marché est saturé. Les prix s'effondrent. L'année 1991 s'annonce très difficile. Le marché offre d'importants stocks de logements invendus.

C'est la stupeur : les promoteurs du CLIP révèlent alors des difficultés de commercialisation de la première tranche de leur programme sur plan. La rentabilité globale du projet interdit le déroulement du programme prévu, tandis que les élus voient approcher les échéances des élections cantonales et des élections régionales.

Des arguments défavorables au projet CLIP circulent et marquent les esprits : les Maghrébins, jeunes et moins jeunes, dépossédés de leur territoire, reformeraient de nouveaux repères

100. Jacques Defossé, *Le Rôle des structures commerciales dans la formation d'un quartier à dominante immigrée entre la place Gabriel-Péri et la Part-Dieu*, université Lyon-II, 1987.

dans les rues adjacentes, Montesquieu, Montebello, de Marseille. L'effet « contagion » inquiéterait la base électorale !

Désormais, rien ne va bouger pendant des années. Le Prisunic détruit, débute l'ère du terrain vague, du quartier en suspens ; pendant plusieurs mois, autour d'un terrain à l'abandon, des palissades installées par le promoteur, aux couleurs bleu-blanc-rouge *(sic !)*, donnent au quartier un air « sinistré », pour reprendre les termes de l'opticien de la rue de Turenne. C'est l'asphyxie. Les personnes âgées ne peuvent plus circuler sur les trottoirs. La baisse de fréquentation de la rue Moncey en particulier est nette. Un bijoutier en sursis dans sa boutique est formel : « Ils ont tué la rue. » Les poubelles s'amoncellent derrière les palissades qui seront vite saccagées, déplacées. Des opposants au projet du CLIP manifestent devant elles. La pression monte chez les commerçants et les riverains. Il faut trouver des solutions, rapidement. Qu'on en termine. Des plaintes s'élèvent contre la montée de l'insécurité, contre les agissements de « bandes extérieures » venues profiter du temps mort dans ce *no man's land.* Les élus montent au créneau, négocient avec le promoteur les moyens d'accélérer le chantier, parviennent à faire réduire les surfaces construites, la hauteur de l'immeuble, pour faciliter la commercialisation. L'immeuble sera « raboté » de six étages, le promoteur se verra accorder des compensations sur d'autres chantiers de l'agglomération lyonnaise.

La participation des habitants. Au bout de la rue Moncey, le Comité espace libre fait la preuve de la participation des habitants. En 1991, sur l'emplacement de terrains en cours de démolition et destinés à devenir des parkings, il réussit à imposer un espace de jeux pour enfants et de repos pour adultes. Sur une surface de 1 500 mètres carrés, des jeunes jouent désormais au foot ou au basket. La réussite de ce contre-projet tient aux principes d'appropriation de ce lieu, réglés par le Comité : l'association le Racing-Club maghrébin local entretient le terrain, libre d'accès, une charte a été établie, une inauguration officielle en présence du maire d'arrondissement a été organisée. Jusqu'à présent, le lieu n'a connu aucune dégradation. Il est intégré à l'environnement. Bel exemple de concertation publique pour un projet que les maires de l'arrondissement et de Lyon n'ont pas manqué, à l'occasion, de citer à l'actif de leur politique.

Le temps de l'urgence. Le 13 avril 1992, un nouveau permis de construire est accordé à la société HDI. Mais, côté commercialisation, toujours rien en vue. Au cours d'une réunion publique, un mois plus tard[101], le nouveau maire d'arrondissement André Bourgogne avoue que le promoteur n'a pas réussi à vendre un seul mètre carré de l'immeuble projeté[102].

Une solution ultime se dessine : impliquer la mairie de Lyon dans la résolution du problème. Alors, l'année 1993 va, à son tour, marquer un tournant dans l'accélération du dossier CLIP. En février, la Communauté urbaine de Lyon prend une décision qui fera date : elle va investir elle-même 63 millions de francs dans le CLIP. 4 400 mètres carrés de bureaux seront acquis. La ville de Lyon achète 2 300 mètres carrés pour des logements sociaux. On parle de la création d'une Maison de l'étudiant dans les murs du CLIP : 600 mètres carrés lui seront réservés.

Trois hommes clés ont contribué à cet engagement : Michel Noir, maire de Lyon, Jean-Michel Dubernard, son adjoint aux affaires sociales qui a succédé à Simone André en 1991, et Henry Chabert, adjoint à l'urbanisme. Les élections législatives de mai 1993 ont une part explicative majeure dans l'avancée du dossier : Michel Noir soutenait la candidature de Jean-Michel Dubernard, contre celle de l'avocat André Soulier... lui-même soutenu par André Bourgogne, chargé du dossier CLIP. C'est Dubernard qui sera élu. Mais le chantier peut enfin démarrer. HDI a vendu un tiers de sa surface commerciale. Tout

101. Le 14 mai 1992.
102. Bentayou, p. 42.

le monde semblait attendre « qu'on en finisse »... le temps était devenu la justification la plus urgente de la transformation de ce quartier sensible.

1996 : les travaux ne sont pas encore terminés. La Maison de l'étudiant ne fait plus partie des projets. Le promoteur s'est retiré. Michel Noir n'est plus maire de Lyon. Beaucoup des habitants du quartier sont désabusés, des militants aussi. Fatigués. On ne veut presque plus parler de « tout cela »... ou bien on ne sait pas quoi dire, ou plus quoi dire. Sur la place en face de Bahadourian, des cabanes de chantier ont été installées ce matin. El-Hadj, jeune boucher de la rue Moncey avec qui nous faisons un tour du propriétaire, sait que c'est pour le début de la démolition de l'îlot Saint-Jacques. Fenêtres béantes et cassées, façades murées, murs criblés de trous, les appartements vides attendent les démolisseurs. Ce sera demain ou dans quelques jours. Ils vont faire un parking, assure El-Hadj. Peut-être que le vendeur de feuilles de menthe à la criée devra déplacer ses paniers d'osier de quelques mètres sur le trottoir. Pour le reste, on verra...

Épilogue

Finalement, entre l'internationalité tournée vers le Bassin méditerranéen et celle orientée vers l'Europe, les restructurations urbanistiques successives auront opté, en chassant l'immigré, pour l'Europe. Le quartier de la place du Pont aura été rendu à sa « vocation urbaine ». La présence en son sein de vagues d'immigrants différentes restera-t-elle associée à celle d'un rapt ? En 1989, un journaliste venu enquêter sur le démarrage du chantier écrivait déjà cette superbe vérité : « Ici, chacun sait que les travaux ouvriront une parenthèse. Quand elle sera refermée, que le CLIP brillera, que les plantations bruisseront rue Moncey, il est sûr que le quartier aura changé d'adresse[103]. »

Hier, les barrières indiquant « travaux d'assainissement » ont été enlevées. La voie est libre, désormais, pour s'engager, quand on arrive du cours Gambetta, de la place Bellecour ou de la rue de Marseille, dans la rue Paul-Bert. L'automobiliste peut

103. Bruno Caussé, *art. cit.*

ainsi rejoindre directement le quartier de la Part-Dieu en empruntant cette rue chargée d'histoire, encore pavée, où l'on croise des vitrines d'un autre temps offrant au regard des robes de mariées, des véhicules qui attendent des acheteurs pour l'exportation, ou bien encore des têtes de moutons garanties « viande française » qui cuisent dans des rôtisseries sorties sur les trottoirs. Un jeune marchand forain rencontré un matin dans un marché de Villeurbanne, et qui tient encore boutique rue Moncey, nous disait son amertume : « Ils ont eu ce qu'ils voulaient ! » Le CLIP l'a complètement isolé du monde extérieur. Sous-entendu : ils ont nettoyé le quartier. Pas très loin de là, la pharmacienne de la rue de Marseille, descendante d'une famille installée là depuis un siècle et demi, est ravie. Le CLIP, grâce à son effet miroir, renvoie de la lumière jusque dans sa boutique. Elle nous accompagne sur le trottoir pour nous montrer ce changement. Les appréciations sont différentes selon l'histoire et la légitimité que l'on a dans le quartier.

Les immigrés, hommes célibataires, quant à eux, continuent de venir en fin de soirée et les samedis après-midi, rester debout là où ils n'ont plus *lieu d'être*. Ils n'ont pas compris le message des aménageurs et des élus. Signe des temps : au beau milieu de la place du Pont, une horloge municipale a arrêté ses aiguilles depuis le début des travaux, il y a belle lurette. Elle marque neuf heures et quart... ou trois heures moins le quart. On ne sait pas. Le temps historique s'est arrêté de tourner place du Pont. Avec Daniel Pelligra, anthropologue, connaisseur des lieux, on aurait pu penser que la ville de Lyon se devait, grâce à la Guillotière, « de porter témoignage sur ce que ce siècle a provoqué d'échanges, à la suite d'événements dramatiques, de crises, de migrations plus ou moins voulues ou subies. Que l'on assiste enfin à une prise en compte de l'apport de ces populations dans le domaine économique et culturel, et pas seulement par des expositions de babouches et de derboukas, mais, au-delà de la tolérance et de l'assistance, par une reconnaissance au titre de l'histoire et du patrimoine urbain de ces espaces dont le rayonnement et la réputation s'inscrivent bien au-delà des frontières nationales[104] ». Il en aura été autrement. Pour l'instant. Prémonitoirement, le maire du IIIe arrondissement laissait entendre en 1993 que la construction du CLIP ne réglerait pas le problème des stationnements des immigrés maghrébins sur la place : « Quand on voit l'espace qui va rester entre l'immeuble et la station de métro, on peut être assuré que cet espace sera occupé par cette population encore longtemps[105]. » Effectivement, aujourd'hui, de l'herbe verte pousse entre l'immeuble monumental et la station de métro. Mais il reste un chemin, large de quelques mètres : c'est là qu'*ils* sont encore, à la tombée du jour. Les Méditerranéens.

---

104. *Mémoire de la Guillotière, op. cit.*, p. 2.
105. Bentayou, *op. cit.*, p. 82.

Le pont du Rhône vers 1760, d'après une eau-forte de J.-J. de Boissieu

Chronologie

1183 Construction du pont du Rosne (le premier pont de la Guillotière)

1462 Création des foires de Lyon

1825 Construction de la rue Moncey

1852 La Guillotière devient un quartier de Lyon

1894 L'Italien Caserio assassine le président Sadi Carnot à Lyon. Violences collectives contre les Italiens dans la ville

1898 La place du Pont a 50 mètres de rayon

1922 La mairie du IIIe arrondissement quitte le bâtiment de la place du Pont

1922 La Brasserie Charroin, à l'emplacement du Prisunic, est fermée

1925 Le rayon de la place est porté à 75 mètres

1932 Démolition de la Brasserie Charroin

1938 Implantation du magasin Bahadourian, place du Pont

1988 Le magasin Prisunic est vendu à la société HDI

1988 Fermeture définitive du Prisunic

1988 L'architecte René Gagès présente le projet du CLIP

1989 Élection de Michel Noir, maire de Lyon

1990 Démolition du magasin Prisunic

1993 La Communauté urbaine de Lyon décide d'acheter un tiers de la surface commerciale du CLIP pour faire démarrer le *chantier*

1995 Michel Noir ne se présente pas aux élections municipales
Raymond Barre est élu maire de Lyon

Bibliographie

A. Belbahri, *Les Réseaux sociaux, centralité urbaine et stratégies d'implantation commerciale*, rapport pour l'agence d'urbanisme de la Communauté urbaine de Lyon, 1987, 94 p.

Gilles Bentayou, *Discours de l'aménagement et production symbolique de l'espace. La place du Pont à Lyon ou la « chronique d'une rénovation annoncée »*, mémoire de DEA, université Lyon-II, ENTPE, 1994.

J.-M. Berthet , *La Restructuration d'un espace public : l'exemple de la place Gabriel-Péri à Lyon*, mémoire de DEA, université Lyon-II, 1992.

J.-Ch. Bonnet, « Étude des petits commerçants dans l'agglomération lyonnaise entre 1919 et 1939, à partir du registre du commerce », *in Bulletin du Centre d'histoire économique et sociale de la région lyonnaise*, laboratoire associé au CNRS, 1975, n° 1.

J. Défossé, *Le Rôle des structures commerciales dans la formation d'un quartier à dominante immigrée de la place Gabriel-Péri et la Part-Dieu à Lyon*, TER de géographie, université Lyon-II, 1987, 125 p.

L. Denant-Boemont, F. Lagarde, G. Santi, *Le Projet Centre Liberté Péri : la fin d'un quartier ?*, mémoire de maîtrise, université Lyon-II, 1989, 48 p.

A. Kleinclausz, *Lyon, des origines à nos jours. La formation de la cité*, Lyon, Masson, 1925, 432 p.

Y. Lequin (dir.), *La Mosaïque France*, Paris, Flammarion, 1989.

G. Massard-Guilbaud, *Des Algériens à Lyon. De la Grande Guerre au Front populaire*, CIEMI-L'Harmattan, 1995.

Meifred (pseudonyme de Guiraud), *Histoire de la Guillotière et des Brotteaux*, Lyon, 1946, archives municipales de Lyon, ancienne série 0.

A. Vant, A. Belbahri, « Le Secteur pluriethnique Moncey ou la "médina" lyonnaise : réseaux sociaux et stratégies d'implantation commerciale des Marocains autour de la place du Pont à Lyon », *in Revue de géographie de Lyon*, vol. 64, n° 2, p. 70-78.

Agence d'urbanisme de la Communauté urbaine de Lyon, *Plan de référence de la Guillotière*, 1982.

HDI/Atelier d'architecture et d'urbanisme René Gagès. Dossier de création-réalisation de la ZAC Centre Liberté Péri, 1989.

Titres disponibles dans la collection « Monde »

Afrique australe
(HS 45) 272 p. 119 F.
Afrique du Sud
(HS 15) 256 p. 95 F.
Albanie utopie
(HS 90) 216 p. 120 F.
Algérie
(N° 38) 280 p. 95 F.
Algérie 30 ans
(HS 60) 208 p. 98 F.
Amazonie
(HS 49) 224 p. 89 F.
America
(HS 58/59) 416 p. 169 F.
Andalousie
(HS 38) 224 p. 95 F.
Antilles
(HS 41) 224 p. 110 F.
Après Hong Kong
(HS 97) 256 p. 120 F.
Arméniens et leurs territoires
(HS 84) 192 p. 89 F.
1962 :
l'arrivée des Pieds-Noirs
(HS 81) 160 p. 89 F.
Asie centrale
(HS 64) 256 p. 98 F.
Australie
(HS 7) 296 p. 110 F.
Australie noire
(HS 37) 192 p. 110 F.
Autre Allemagne
(HS 89) 224 p. 110 F.
Bali
(HS 66) 248 p. 110 F.
Barcelone
288 p. 149 F.
Berlin
(HS 1) 258 p. 95 F.
Berlin capitale
(HS 57) 208 p. 98 F.
Bornéo
(HS 52) 224 p. 95 F.
Brésil
(N° 44) 272 p. 95 F.
Budapest
(HS 34) 224 p. 95 F.
Buenos Aires
(HS 22) 256 p. 110 F.

Le Caire
(HS 12) 260 p. 110 F.
Californie
(N° 31) 264 p. 95 F.
Campagne anglaise
(HS 44) 224 p. 89 F.
Camps sur la plage,
un exil espagnol
(HS 88) 160 p. 89 F.
Capitales de la couleur
(HS 9) 320 p. 95 F.
Cités disparues
(HS 55) 240 p. 95 F.
Corne de l'Afrique
(HS 21) 256 p. 110 F.
Côté banlieue
(HS 77) 160 p. 89 F.
Crète
(HS 69) 208 p. 110 F.
Cuba
(HS 35) 256 p. 110 F.
Damas
(HS 65) 264 p. 110 F.
Des villes en Suisse
(HS 25) 224 p. 95 F.
Désert
(HS 5) 254 p. 110 F.
Écosse
(HS 33) 224 p. 95 F.
Enfants de Faust
(HS 73) 176 p. 110 F.
Europe centrale
(HS 51) 208 p. 95 F.
Grèce
(HS 39) 224 p. 95 F.
Himalayas
(HS 28) 224 p. 110 F.
Hong Kong
(HS 3) 250 p. 110 F.
Inde
(HS 13) 232 p. 95 F.
Irlande
(HS 23) 224 p. 110 F.
Irlandes parallèles
(HS 93) 224 p. 120 F.
Istanbul
(HS 29) 232 p. 110 F.
Jérusalem
(HS 4) 248 p. 110 F.

Lieux d'islam
(HS 91-92) 352 p. 149 F.
Lisbonne
(HS 30) 224 p. 95 F.
Londres
(HS 6) 260 p. 95 F.
Londres création
288 p. 120 F.
Madrid
(HS 24) 224 p. 95 F.
Maroc
(HS 48) 224 p. 89 F.
Marrakech
(HS 11) 246 p. 110 F.
Marseille transit :
les passagers de Belsunce
(HS 79) 160 p. 89 F.
Mayas
(HS 56) 232 p. 95 F.
Mékong
(HS 63) 264 p. 98 F.
Mexico
(HS 18) 240 p. 110 F.
Montréal
(HS 62) 200 p. 98 F.
Moscou
(HS 40) 264 p. 110 F.
Munich
(HS 19) 240 p. 95 F.
Mythe de l'Ouest
(HS 71) 224 p. 110 F.
Nanterre algérien,
terre de bidonvilles
(HS 85) 144 p. 89 F.
Naples
(HS 74) 224 p. 110 F.
Nations basques
(HS 75) 240 p. 110 F.
New York contre N.Y.
(HS 61) 224 p. 98 F.
New York création
338 p. 99 F.
Nogent des Italiens
(HS 80) 160 p. 89 F.
Paris Arts On Seine
432 p. 140 F.
Paris création
460 p. 140 F.
Paris-XIIIe,
lumières d'Asie
(HS 87) 160 p. 89 F.
Pays baltes
(HS 50) 232 p. 95 F.
Pays du Sahel
(HS 72) 232 p. 110 F.
Pékin
(HS 17) 200 p. 95 F.
Pologne
(HS 47) 224 p. 95 F.
Polonais du Nord
ou la mémoire des corons
(HS 83) 160 p. 89 F.
Portugais à Champigny,
le temps des baraques
(HS 86) 160 p. 89 F.
Prague
(HS 46) 232 p. 95 F.
Quelle Russie ?
(HS 67-68) 280 p. 129 F.
Repenser Israël
(HS 70) 200 p. 110 F.
Rio
(HS 42) 216 p. 89 F.
Rome
(HS 32) 224 p. 110 F.
Rue des Rosiers,
une manière d'être juif
(HS 82) 160 p. 89 F.
Saigon
(HS 95) 248 p. 120 F.
Shanghai
(HS 26) 224 p. 95 F.
Sibériens
(HS 78) 256 p. 110 F.
Téhéran
(HS 27) 224 p. 110 F.
Terre indienne
(HS 54) 232 p. 110 F.
Thaïlande
(HS 43) 232 p. 95 F.
Tokyo
(HS 8) 344 p. 95 F.
Toscane
(HS 31) 224 p. 95 F.
Transsibéries
(HS 16) 224 p. 95 F.
Turcs
(HS 76) 224 p. 110 F.
Venise
(HS 14) 224 p. 95 F.
Vienne
(HS 53) 232 p. 95 F.

Français d'ailleurs, peuple d'ici

La première grande saga de l'immigration en France

Douze populations, douze lieux-symboles, douze récits, douze auteurs :
les trajectoires de l'immigration tracent une véritable cartographie de leur mémoire par rues, quartiers ou villes interposés.
Des histoires ancrées dans l'espace et dans le temps, une histoire de racines. Les leurs, les nôtres aussi.

Une série exceptionnelle de douze ouvrages au sein de la collection "Monde", avec de nombreuses illustrations.

HS 79, 160 p, 89 F

HS 80, 168 p, 89F

HS 81, 160 p, 89 F

HS 82, 152 p, 89 F

HS 83, 144 p, 89 F

HS 84, 192 p, 89 F

HS 85, 144p, 89 F

HS 86, 160 p, 89 F

HS 87, 160 p, 89 F

HS 88, 160 p, 89 F

HS 96, 88 p, 79 F

HS 98, 160 p, 89 F

les mendiants p. 36
rue de la Part-Dieu 37
migration italienne 35

Éditions Autrement

Directeur-rédacteur en chef : Henry Dougier. *Rédaction :* Jean-Claude Béhar. Nicole Czechowski. *Fabrication/Secrétariat de rédaction :* Bernadette Mercier, *assistée de* Hélène Dupont *et de* Alice Breuil. *Graphisme :* Kamy Pakdel. *Service financier :* Éric Moulette. *Gestion et administration :* Agnès André. Hassina Mérabet. Christian Da Silva. *Service de presse :* Agnès Biltgen.

Abonnements au 1er janvier 1997 : la collection « Monde », complémentaire des collections « Mutations », « Morales » et « Mémoires », est vendue à l'unité (120 F par ouvrage) ou par abonnement (France : 500 F ; Étranger : 600 F) de 5 titres par an. L'abonnement peut être souscrit auprès de votre libraire, ou directement à Autrement, Service abonnements, 17, rue du Louvre, 75001 Paris. Établir votre paiement (chèque bancaire ou postal, mandat-lettre) à l'ordre de NEXSO (CCP Paris 1-198-50-C). Le montant de l'abonnement doit être joint à la commande. Veuillez prévoir un délai d'un mois pour l'installation de votre abonnement, plus le délai d'acheminement normal. Pour tout changement d'adresse, veuillez nous prévenir avant le 15 du mois et nous joindre votre dernière étiquette d'envoi. Un nouvel abonnement débute avec le numéro du mois en cours. Vente en librairie exclusivement. Diffusion : Éditions du Seuil.

Directeur de la publication : Henry Dougier. Revue publiée par Autrement.
Comm. par. 55778. Corlet, Imp. S.A., 14110 Condé-sur-Noireau. N° 23862.
Précédent dépôt : 1er trimestre 1997. Dépôt légal : 2e trimestre 1997.
ISBN : 2-86260-676-6. ISSN : 0336-5816. *Imprimé en France.*